Le trésor du lac des Trois Chats

Collection animée par Soazig Le Bail
assistée de Charline Vanderpoorte.

ISBN 978-2-36474-839-2

Illustration de couverture Aurore Petit
Conception graphique et DA Florie Briand

Loi n° 49-956 du 16 juillet 1949
sur les publications destinées à la jeunesse

Cet ouvrage a été achevé d'imprimer au pied du grand chêne
pour le compte des éditions Thierry Magnier
par l'imprimerie Normandie Roto Impression s.a.s.
61250 Lonrai en février 2016
Dépôt légal : mars 2016
Imprimé en France
Numéro d'imprimeur : 1600479

Mathis

Le trésor du lac des Trois Chats

EDITIONS THIERRY MAGNIER

Chapitre 1

Ce matin, je me sens bien. Terriblement bien.

J'ai le sentiment d'être lavé d'une vieille saleté qui s'accrochait à moi depuis des années. Je me sens libéré du poids d'une fatigue qui ne me quittait pas. Je suis comme un serpent qui vient juste de changer de peau. Je suis un garçon neuf.

Dans mon lit, couché sur le dos et les yeux fixés sur l'endroit du plafond où la peinture s'écaille, j'écoute les battements de mon cœur et le bruit de ma respiration. Il est tard, beaucoup plus tard que d'habitude. Ce matin, maman n'est pas venue me réveiller car aujourd'hui n'est pas un jour comme les autres. C'est ce jour qui semblait ne jamais vouloir arriver et que j'attends depuis si longtemps. Et maintenant qu'il est là, j'ai du mal à croire que je ne rêve pas tellement je suis heureux. Tous les jours de la vie devraient être comme aujourd'hui : le premier jour des grandes vacances !

Fini les horaires débiles, fini les devoirs, fini l'école-prison. Et si certains rêvent d'être en vacances pour dormir le plus longtemps possible et frire au soleil, moi je rêve de vacances pour faire un maximum de choses. Mais, pour le moment, je suis toujours couché dans mon lit et je savoure cet instant.

Allez, encore deux minutes et je me lève.

Deux !

Chapitre 2

À la cuisine, ma sœur Anouk prépare des pizzas. Elle a mis le tablier de maman et, la tête penchée tandis qu'elle coupe des tomates, elle lui ressemble beaucoup.

– Salut p'tite mère ! je dis.

Anouk lève la tête et me foudroie du regard tout en pointant son couteau vers moi.

– Je te préviens, Alex ! Si tu m'appelles encore une fois comme ça… je te coupe la langue en morceaux et j'en fais une salade !

– Ho là, t'énerve pas. C'était pour rire !

– Ha ha. Trop drôle. T'as mangé un poisson-clown ce matin ?

– Ben non, j'ai pas encore petit-déjeuné.

Je souris. J'aime bien quand ma sœur s'emporte. Elle est comme un pétard qui vous explose à la figure. Je suis rarement déçu quand je la taquine.

Je me prépare un bol de céréales et je m'installe devant la télé, au salon. J'ai coupé le son et, tout en mangeant, j'essaie de deviner ce que les personnages d'un dessin animé se disent. Pas facile, mais amusant.

Après l'inévitable passage aux toilettes, la figure débarbouillée et les dents brossées, je traverse la cuisine le visage fendu d'un grand sourire. Méfiante, ma sœur me suit du regard, s'attendant à une mauvaise blague de ma part. Mais j'ouvre et ferme doucement la porte vitrée qui sépare la cuisine de la véranda, où j'enfile mes baskets. Et enfin je quitte la maison.

Dehors, il fait beau. Le ciel est d'un bleu profond, sans nuage. J'ai envie de hurler ma joie d'être en vacances, mais je me contente de sourire bêtement. Je ferme les yeux un instant, savourant la chaleur sur mes paupières. Derrière moi, j'entends le bruit familier de la fenêtre de la cuisine qui s'ouvre.

– Alex ! Alex !

– Quoi ?

– Tu vas où ?

– T'es de la police ?

Ma sœur montre les dents. Elle n'aime pas quand on ne répond pas directement à ses questions.

– Tu vas où ?

Elle articule clairement chaque syllabe. Fronce les sourcils. Quand elle joue à la petite chef, elle ressemble encore plus à maman. Je lui montre les arbres de l'autre côté de la route, derrière le petit pont.

– Moi, Tarzan ! je dis. Moi retourner dans jungle !

– C'est ça. Mais Tarzan rentrer à midi pour manger pizza ! Compris ?

– Tarzan avoir compris ! Tarzan toujours écouter grande sœur Anouk qui prépare bonne pizza !

Ma sœur me fait un petit signe de la tête et referme la fenêtre. Je respire un grand coup et je traverse la route. Ça y est, c'est parti, ma mission de reconnaissance commence. Mon objectif : trouver l'endroit parfait pour construire une cabane.

Chapitre 3

Avant d'entrer dans la forêt, je traîne un peu sur le petit pont. L'eau de la rivière est particulièrement claire aujourd'hui. Parmi les cailloux et les reflets de l'eau, j'essaie d'apercevoir une truite. J'en repère une près d'un gros caillou. Elle semble immobile, mais elle nage contre le courant, et à la même vitesse. Son dos est recouvert de petites taches jaunes et rouges. C'est une truite fontaine. À vue de nez, elle mesure environ quinze centimètres. Celle-ci, il va falloir attendre qu'elle atteigne la taille réglementaire de vingt-trois centimètres avant de la pêcher.

Puis, j'entre dans les bois avec, comme chaque fois, le sentiment de rentrer chez moi. Ce que j'aime surtout, c'est le bruissement des feuilles dans les arbres. C'est un bruit qui me rassure et me donne le sentiment d'être un aventurier, une espèce d'homme des bois rusé et redoutable. Au loin, le rugissement d'une tronçonneuse me rappelle que la civilisation est encore proche.

Je sais à peu près où je vais quitter le sentier pour trouver l'endroit de ma future cabane. Je connais l'existence d'un sous-bois sombre envahi de rochers recouverts de mousse. Personne ne doit se promener dans ce coin-là, et donc personne ne trouvera ma cabane, qui sera mon refuge secret. Je l'imagine fixée à quatre troncs d'arbres, en l'air, à un mètre du sol. On y entrera par une trappe dans le plancher. Le plus difficile sera de trouver suffisamment de planches. Mais j'ai déjà récupéré un vieux rouleau de lino qui me servira pour le toit, ainsi il sera étanche.

Soudain, quelque chose me gêne au pied gauche. Je ne sais comment, un petit caillou est entré dans ma basket. Je l'enlève et le fais glisser dans ma main droite. Je le regarde attentivement. Il ressemble à une pyramide minuscule. Ses arêtes sont si régulières qu'on le dirait taillé par quelqu'un. Il me plaît bien. Je le glisse dans une poche de mon pantalon. Puis je me rechausse, et pile au moment où je me relève, je vois une forme noire comme la nuit en plein milieu du chemin.

Immobile. Deux cornes sur la tête et le regard mauvais.

Chapitre 4

Je suis si surpris que je ne comprends pas tout de suite ce que je vois. C'est une chèvre. Je ne l'ai pas du tout entendue. Pour moi, c'est comme si elle venait d'apparaître par magie au milieu du chemin. Face à cet animal au regard sévère, je me rends compte que mes connaissances sur les animaux féroces, et surtout les dinosaures, ne me servent à rien. Elles sont même complètement ridicules, étant donné qu'il n'y a aucune chance que je croise un tigre ou un tyrannosaure ici, dans le massif vosgien. Que faire en face d'une chèvre qui se tient immobile en face de vous ?

– Ça va, la noiraude ? je dis.

La chèvre ne bronche pas. Mais entendre ma voix chasse ma peur. La bête me fixe intensément et de mon côté je l'observe aussi, mais sans la regarder dans les yeux. Ça je le sais, regarder un animal dans les yeux peut être interprété par lui comme un défi.

Lentement, très lentement, je me baisse, ramasse une poignée de cailloux et me relève tout aussi lentement, prêt à les lui lancer pour l'effrayer. Et puis hop, le temps d'un claquement de doigts, la chèvre bondit sur le côté et disparaît derrière un taillis. Son départ a été si rapide qu'un instant je doute de l'avoir vraiment vue. Je cours jusqu'à l'endroit où elle se trouvait, j'observe les alentours, mais je ne la vois pas. Je suis épaté par sa rapidité. J'aimerais pouvoir m'enfuir et disparaître comme elle, en quelques bonds.

Je laisse tomber mes cailloux et regarde les marques rouges qu'ils ont laissées dans la paume de ma main. Elles sont profondes et elles me font penser à une sorte d'écriture. En regardant de près les bosses, les creux et les rougeurs de ma peau, une idée fait son chemin dans mon esprit. Cette chèvre noire, le premier jour de mes vacances, cela ne peut pas être un hasard. C'est un signe.

La chèvre était là pour me dire quelque chose. Mais quoi ? Ah, si j'étais un Indien, je saurais interpréter le signe de la chèvre noire ! Je ferme les yeux et m'ordonne de penser comme un Apache. Mais il ne suffit pas de le vouloir pour que ça se produise. À la place, il me semble entendre la voix de papa me dire : « Cesse donc de te prendre pour un autre. Sois toi-même, pauvre andouille ! Suis ton instinct ! »

D'accord, papa.

Mon instinct me dit d'avancer au pif alors j'ouvre les yeux et j'avance au pif. J'entre dans le sous-bois. Le terrain est en pente et des cailloux roulent sous mes pieds. Je descends en zigzaguant, un peu comme un skieur. En bas de la pente, un minuscule ruisseau que je ne connaissais pas serpente entre les arbres. Des sapins, pour la plupart. Je longe le ruisseau durant quelques minutes et je tombe pile sur ce que je cherchais : l'endroit idéal pour ma cabane. Mais il est déjà occupé. Quelqu'un y a déjà construit une cabane en forme de tente, faite de planches et de tôles à moitié rouillées. Les traces de peinture rouge sur les tôles tranchent avec les couleurs du sous-bois. Elles me font penser à des traces de sang et je me cache vite derrière un tronc d'arbre. Puis, je m'accroupis et j'observe. Silencieux comme une ombre.

Chapitre 5

Le plancher en bois de la cabane est posé sur des gros cailloux, ainsi il est isolé de l'humidité du sol. L'entrée est fermée par une vieille couverture aux couleurs passées. Ce genre de cabane peut être facilement démontée et remontée ailleurs. Celui ou ceux qui l'ont construite sont malins. C'est bien mieux que mon idée d'une cabane fixée à un arbre.

Entre la cabane et le ruisseau, un trou a été creusé et les bords du trou sont entourés de pierres. Au milieu des pierres, un tas de cendres et des bout de bois qui n'ont pas entièrement brûlé. Aucune ordure ne traîne par terre. Pas de cannette de bière vide ni le moindre emballage en carton.

Je ne sais pas combien de temps je reste à guetter derrière mon arbre. J'écoute attentivement chaque petit craquement, m'attendant à ce que quelqu'un sorte tout à coup de cette cabane ou déboule de la forêt pour y entrer. Je me demande si elle est encore utilisée ou pas. Elle a l'air abandonnée, mais je peux me tromper.

Finalement, je sors de ma cachette et m'approche à pas de loup, prêt à déguerpir au moindre bruit suspect. La couverture qui sert de porte d'entrée est clouée en haut et je la soulève doucement. Elle est rêche, vraiment désagréable à toucher.

L'intérieur de la cabane est sombre, mais moins que je ne le pensais. Au fond, une petite fenêtre laisse passer un peu de lumière. Prudent, je reste près de l'entrée, le temps que mes yeux s'habituent à la faible luminosité, et alors seulement je pénètre à l'intérieur. Ça sent le renfermé, un peu le moisi et la poussière. Il y a un matelas, des couvertures, des bougies, une lampe de poche mais sans les piles, des étagères recouvertes de livres, des boîtes de conserve, deux caisses en plastique transparent remplies d'habits, une paire de bottes...

Un frisson me parcourt le dos. Il me revient en mémoire l'histoire du Petit Poucet et de ses frères, perdus dans la forêt, et qui sans le savoir arrivent à la maison de l'ogre.

J'inspecte les étagères. Feuillette quelques livres. Il y a aussi des bandes dessinées et des cartes de la région. J'en déplie une, elle est couverte de petits dessins et d'une écriture en pattes de mouche, illisible pour moi. J'essaie de replier la carte comme elle était mais je n'y arrive pas, alors je la plie n'importe comment. J'ouvre une boîte de chaussures remplie de photos d'inconnues et d'inconnus. La photo d'identité d'un homme attire mon attention. Son visage m'est familier, il a un regard très doux et une tache de vin en forme de cœur sous son œil droit. Mais oui, je le reconnais : c'est Sauvageon, mais en beaucoup plus jeune.

Je n'en reviens pas, j'ai trouvé la maison de Sauvageon !

Chapitre 6

J'hésite longuement à emporter la boîte pleine de photos, puis je la cale sous un bras et rentre à la maison. Je la rapporterai et la remettrai à sa place demain ou après-demain.

En chemin, je pense à Sauvageon. Bien sûr, ce n'est pas son vrai nom, mais je ne lui connais que celui-là. Il faudra que je demande à papa, Sauvageon était dans la même classe que lui. On m'a toujours dit qu'il dormait dans la forêt et j'ai toujours eu du mal à y croire. Maintenant, je sais que c'est vrai. Je suis un peu jaloux, je ne sais pas si j'aurais le courage de quitter le confort de ma chambre pour vivre comme un petit sauvage dans la forêt. Je sens bien que de nous deux, le véritable Indien, c'est Sauvageon.

Sur le petit pont, je m'arrête quelques secondes pour voir si la truite est toujours au même endroit. Mais elle ne m'a pas attendu. Je la pêcherai peut-être un de ces jours. En attendant, qu'elle profite bien de sa vie.

Je cache la boîte de photos au fond du placard de la véranda. Une bonne odeur de pizza flotte dans l'air et, soudain, j'ai faim. Vite, je me déchausse et enfile mes chaussons.

– J'ai faim ! je dis, lorsque je déboule dans la cuisine.

– Ah, te voilà, toi... dit papa tout en mettant la table.

Ma sœur regarde le programme télé, le minuteur placé juste devant elle.

– Encore six minutes, vingt-trois secondes et ce sera bon ! dit-elle. N'oublie pas que demain, c'est toi qui fais à manger !

– Qui *feras* à manger. C'est du futur, donc on dit *feras* et pas *fais* !

– C'est ça, Alex. On verra si tu es aussi bon en cuisine qu'en français !

Je n'ai aucune inquiétude, demain je ne prendrai pas de risque. Je ferai ma spécialité : de la purée. De la vraie, pas de la toute préparée. Avec quelques tranches de jambon, ce sera parfait.

– Combien de temps encore, pour la pizza ?

Bref coup d'œil d'Anouk sur le minuteur. Elle sourit. Le sourire de celle qui a trouvé une bonne réplique.

– Tu as largement le temps de te laver les mains.

– Tu as raison, p'tite mère !

– Purée, tu m'appelles encore comme ça et je t'arrache la tête !

– Ah non ! dit papa d'une voix forte. S'il t'appelle encore comme ça, c'est moi qui lui arrache la tête ! Compris ?

Je fais oui de la tête, puis je me lave les mains à l'évier de la cuisine et m'assois en attendant que la pizza soit cuite.

– T'as fait quoi, ce matin ? me demande papa.

– Je suis allé me balader dans la forêt et j'ai vu une chèvre noire.

– T'as vérifié si t'avais des tiques ?

– Heu, non.

Papa inspecte mes cheveux, mon cou, mes bras et me demande de relever le bas de mon pantalon.

– Ça va, rien à signaler. Alex, il faut que tu prennes l'habitude de vérifier que tu n'as pas de tique sur toi chaque fois que tu reviens de la forêt, OK ? C'est sérieux.

– Oui, p'pa. Je sais. Mais j'ai oublié.

– Et cette chèvre, alors ? Elle sortait d'où ?

– Je ne sais pas. Elle s'était sûrement échappée de son enclos. Quand elle m'a vu, elle s'est enfuie.

– Normal, dit Anouk. Elle avait encore jamais vu quelqu'un d'aussi moche que toi !

Je vais répondre mais papa tape du poing sur la table, ce qui nous surprend, ma sœur et moi.

– Bon, écoutez-moi bien, vous deux, dit-il. Ça vous amuse peut-être de vous taquiner, mais moi j'en ai ma claque de vos joutes verbales.

– C'est quoi, une joute ? je demande.

– Tais toi, Alex, c'est moi qui parle. Pendant vos vacances, je veux la paix. Et je veux que ça commence tout de suite !

Anouk et moi nous hochons la tête en signe d'acquiescement. Puis nous nous serrons la main.

– *Peace and love*, dit ma sœur. C'est de l'anglais.

– *Ja, ja*, je dis. C'est de l'allemand.

Et, enfin, le minuteur sonne.

Tout en savourant ma part de pizza, je repense à la cabane de Sauvageon. Je pensais garder ma découverte secrète mais c'est plus fort que moi, il faut que j'en parle.

– Au fait, heu... ce matin dans la forêt j'ai trouvé la maison de Sauvageon. C'est une cabane en bois et en tôles qui ressemble à une tente.

– Ah, oui ? dit papa. Comment tu sais que c'est celle de Sauvageon ?

– Dedans il y a un matelas, plein d'affaires et, surtout, plein de livres. À part Sauvageon, je ne connais pas de clochard qui bouquine autant que lui. D'ailleurs, je ne connais pas d'autre clochard que lui.

Papa me regarde curieusement. Il continue de mâcher, mais plus lentement.

– T'es sûr, Alex ? T'inventes rien, là ? C'est pas une de tes histoires ?

– Non, pourquoi ?

– Et tu saurais retrouver le chemin pour y aller ?

– Ben oui.

Songeur, papa se lève, prend son téléphone portable et quitte la pièce.

– Qu'est-ce qui se passe ? chuchote Anouk.

– Je sais pas.

– Mais si. T'as fait quoi ?

– Mais, rien...

Lorsqu'il revient cinq minutes plus tard, papa m'annonce que deux gendarmes vont venir vers deux heures, pour me parler.

Chapitre 7

Avant l'arrivée des gendarmes, papa nous explique à Anouk et moi que Sauvageon est porté disparu. Papa travaille à la mairie et il a ce genre d'informations. Il y a quelques semaines, la sœur de Sauvagon, inquiète, est allée à la gendarmerie pour déclarer la disparition de son frère. D'habitude, Sauvageon va la voir une fois par semaine, et cela faisait un mois qu'elle ne l'avait pas vu. Vivant sans adresse ni téléphone portable, Sauvageon est injoignable. Les gendarmes ont enquêté dans tout le département, mais sans succès. Sauvageon semble s'être volatilisé.

Je reste silencieux durant les explications de papa. Je repense à la boîte de chaussures pleine de photos mais pas question que j'en parle. Je ne veux pas qu'on me traite de petit voleur.

– Papa...

– Oui, Alex.

– Comment il s'appelle, en vrai, Sauvageon ?

– Jean-Claude Sauvageon.

– Ah bon ? Je croyais que Sauvageon c'était un surnom ! Et que c'était pour ça qu'il dormait dans la forêt...

– Mais non, Alex.

– Il était comment, quand il était petit ?

– Comme moi, comme toi, comme tous les enfants. Il jouait beaucoup au foot et à Spider-man. Quand on est enfant, on n'imagine pas qu'un jour on deviendra clochard. C'est venu petit à petit, avec le temps.

Je me souviens de la dernière fois où j'ai vu Sauvageon. Mais je ne sais plus si c'était devant la supérette, la Poste ou la boulangerie. Assis sur un bout de carton, sa casquette posée à l'envers sur le sol devant lui et dans laquelle il y avait quelques pièces, il lisait, un léger sourire aux lèvres. J'ignorais qu'il avait une sœur, comme moi. Je ne l'imaginais pas avec une famille. J'avais toujours pensé que les clochards étaient seuls, orphelins de tout. Pourquoi est-il parti en laissant ses affaires dans sa cabane et sans dire au revoir à sa sœur ?

Papa accueille les gendarmes et les deux hommes me serrent la main. Je sais que je ne suis accusé de rien, mais je ne peux pas m'empêcher de me sentir coupable de tout. Je leur raconte ma matinée en forêt. Je rajoute plein de détails à propos de la chèvre noire, mais elle ne les intéresse pas. Un gendarme dit qu'il ne boit que du lait de chèvre et cette fois, c'est moi que ça n'intéresse pas. Puis ils me demandent de les guider jusqu'à la cabane de Sauvageon et, avec papa, nous y allons.

Avant le petit pont nous croisons la mère Jambois, une voisine. Depuis qu'elle m'a surpris faisant pipi contre le mur de sa maison quand j'avais quatre ans, elle me regarde d'un mauvais œil. Elle dit bonjour à papa et aux gendarmes, un petit sourire cruel aux lèvres. Elle doit croire que les gendarmes m'ont arrêté et que je les emmène sur les lieux de mon crime. Vieille débile.

Dans le sous-bois, je ne suis plus sûr de mon chemin. Je le dis et le gendarme buveur de lait de chèvre me rassure en me disant de prendre mon temps. Finalement, grâce à mon instinct, je retrouve le chemin et guide les adultes jusqu'à la cabane de Sauvageon.

D'abord, les gendarmes en font le tour, puis l'un d'eux sort une petite lampe de poche, entre à l'intérieur et ressort cinq secondes plus tard.

– C'est bon, dit-il en s'adressant à son collègue.

Il fait également signe à papa de venir et tous les trois entrent dans la cabane. Je m'ennuie un peu alors je m'amuse à shooter dans un caillou.

– Alex !

C'est papa.

– Tu n'as rien pris dans la cabane ?

– Non. J'ai juste regardé des bédés et je les ai remises à leur place !

J'ai le sentiment que tout le monde sait que je suis un menteur. Mais les papas et les gendarmes sont des hommes comme les autres. Ils ne savent pas toujours quand on leur raconte des histoires.

– Tu as bien fait, dit papa.

Il me rejoint et passe sa main dans mes cheveux. Puis, nous saluons et laissons les deux gendarmes examiner en détail les affaires de Sauvageon pour leur enquête.

À la maison, dès que papa a le dos tourné, je m'empresse de récupérer la boîte de chaussures remplie de photos. C'est impossible, mais la boîte n'est plus à sa place. Et mon cœur s'emballe dans ma poitrine.

Chapitre 8

Je monte à toute vitesse au premier étage. Dans ma chambre, je découvre ma sœur assise sur le lit dans le sens de la largeur, la boîte de photos sur ses jambes. Elle lève les yeux et me sourit.

– Alors ? dit-elle.

Je reste un moment sans voix. À la fois j'ai envie de l'étrangler, et à la fois je suis rassuré que ce soit elle qui ait trouvé la boîte, et pas papa.

– Alors quoi ? je finis par répondre.

– Tu as dit aux gendarmes que tu avais volé les photos de Sauvageon ?

– Ah, mais non ! Je les ai empruntées, c'est pas pareil. Je voulais juste les regarder et les remettre ensuite à leur place. Mais maintenant avec les gendarmes, je suis obligé de les garder.

– T'inquiète, je ne dirai rien à personne. C'est notre secret.

– C'est pas pour critiquer, hein, mais si tu ne fouillais pas dans mes affaires ce serait juste MON secret !

– Tu as raison, Alex. Tu es mon petit frère et un petit voleur. Et moi je suis ta grande sœur et une grande fouineuse. On fait équipe maintenant. C'est comme ça. C'est la vie !

Elle a raison. Et puis, avoir un secret à deux c'est plus amusant que d'avoir un secret tout seul.

– D'accord, je dis. Mais on doit faire un pacte.

Je crache dans ma main droite et Anouk dans la sienne. Puis, nous nous serrons la main. Bave contre bave. Et celui ou celle qui brise le pacte sera un pourri ou une pourrie pour la vie. J'essuie ma main contre mon pantalon et m'assois à côté de ma sœur. Et tout en regardant les photos, je lui raconte ma promenade avec papa et les gendarmes.

– Hé, il y a la date au dos de chaque photo. Je crois que je vais les classer.

– Bonne idée, je dis.

Je prends la boîte et la renverse sur le lit. Anouk saisit immédiatement le carnet qui était au fond de la boîte. Elle le tourne et le retourne dans ses mains. La couverture est recouverte de scotch noir. Elle l'ouvre, lit le début, puis feuillette quelques pages.

– On dirait un journal intime. Tiens, regarde...

À mon tour, je manipule le carnet. Les pages sont recouvertes d'une écriture minuscule. Il y a des dates, des sommes d'argent, des schémas. J'essaie de lire quelques lignes. Mais l'écriture est si petite et si tordue qu'à première vue les phrases semblent écrites dans une autre langue. Je redonne le carnet à ma sœur.

– Ouais, bof... Tu peux le garder. De toute façon, j'ai des trucs à faire plus importants que lire un vieux truc pourri.

– Tu veux dire, jouer au foot ? Je viens !

– Si tu veux. Mais je ne sais pas si Mimi viendra...

Je dis ça d'une voix mielleuse, car je sais que ma sœur est secrètement amoureuse de Mimi. Mais elle fait celle qui n'a pas entendu.

– Je m'en fiche. Moi aussi j'ai besoin de me défouler !

Nous remettons le carnet et les photos de Sauvageon dans la boîte et Anouk va la ranger dans sa chambre. Puis, j'enfile un short de foot et le maillot de l'équipe d'Italie. Je prête mon maillot de l'équipe de France à Anouk et nous allons sonner chez Paul, mon troisième meilleur ami.

Mon deuxième meilleur ami, en fait c'est une amie : c'est ma sœur. Mais je ne lui dirai jamais, c'est trop personnel.

Mon premier meilleur ami, c'est moi. Parce que je trouve naturel et logique d'être soi-même son meilleur ami. Après tout, je sais mieux que personne ce qui me plaît et ce dont j'ai envie.

Chapitre 9

– Salut, Singe, je dis, lorsque Paul ouvre la porte, son ballon sous le bras.

– Salut les Ratons Laveurs, dit Paul.

Il a mis toute sa panoplie de gardien : le short matelassé, les gants, les protège-coudes et les genouillères. Mais il a un vrai talent de gardien de but. Il est aussi rapide et agile qu'un macaque, c'est très difficile de marquer des buts contre lui. C'est pour cela qu'on l'appelle Singe. Ma sœur et moi, on est devenus les Ratons Laveurs après lui avoir dit qu'on prenait une douche tous les jours. Lui, c'est une fois par semaine. Il affirme qu'une douche quotidienne, c'est mauvais pour la santé. Il dit aussi qu'il aime bien puer. Ça se défend comme avis ; moi aussi j'aime bien puer, mais pas trop longtemps.

Avec nos tenues, impossible de passer inaperçus dans la rue. On se fait klaxonner. Puis un type qu'on ne connaît pas ralentit et nous demande en ricanant qui va gagner, la France ou l'Italie ? On ne se vexe pas, on a l'habitude, on répond que ce sera un match nul.

– Nul comme toi ! crie Singe au conducteur, une fois qu'il est loin.

Nous arrivons chez Mimi par le jardin. Assis sur une chaise pliante au milieu d'un carré de pelouse, il bouquine. Juste à côté, son père bêche le jardin.

– Bonjour monsieur Onfray ! dit Anouk.

– Salut les jeunes ! dit le père de Mimi.

– Hé, Mimi, tu lis quoi ? demande Singe.

Mimi nous ignore encore quelques secondes, sans doute le temps de finir son paragraphe. Puis il place son marque-page, referme son livre et nous montre la couverture. C'est un livre du philosophe Michel Onfray. Un gros.

– Encore ! je dis.

– Ce type est génial, dit Mimi. Je ne comprends pas tout ce qu'il écrit mais... c'est génial !

Mimi est le plus vieux d'entre nous, il a douze ans et demi. En vrai, il s'appelle Hugues. Mais depuis qu'il s'intéresse à la philosophie et a découvert un philosophe qui porte le même nom de famille que lui, on l'appelle Mimi.

– C'est assez gros comme livre ? je demande.

– Les livres, répond Mimi, c'est comme les sandwichs. Je les aime épais et denses.

– Ah ah, la philosophie ! dit le père de Mimi.

Et il ricane. Mimi ne dit rien, mais son père continue. Il profite qu'on soit là. Ça lui fait un petit public.

– Philosophe, c'est un métier de fainéant ! dit-il. Pour devenir quelqu'un, il faut apprendre un vrai métier. Un métier avec ses mains. Tout le reste, c'est de la blague !

Mimi sourit à son tour.

– Eh bien moi, dit-il, je ne veux pas devenir quelqu'un. Je veux juste devenir moi-même !

M. Onfray hoche la tête en se passant une main sur les poils poivre et sel de son menton. On voit bien qu'il s'amuse.

– Dans la vie, bien causer ça suffit pas, fiston. Il faut aussi faire ce qu'on dit. De toute façon, tu finiras par grandir et on en reparlera !

– Non, papa, répond Mimi du tac au tac. Parce que moi je ne grandirai jamais ! Je resterai un enfant toute ma vie ! je serai heureux toute ma vie ! Ha ha !

– Ha ha ha ! fait M. Onfray.

– Ha ha ha ha ! fait Mimi.

– Heu... Mimi, tu viens jouer au foot où tu restes là à rigoler ? demande Singe.

Mimi se retourne, regarde Singe droit dans les yeux et le montre du doigt.

– Toi, tu vas encaisser une série de buts comme ça ne t'est encore jamais arrivé. Je vais être ton pire cauchemar, man !

– Des paroles, des paroles... dit Singe. On va voir si tu vas réussir à faire ce que tu dis ! Je t'attends, je suis prêt !

– Moi aussi... ajoute Anouk, en lui faisant les yeux doux.

M. Onfray se marre et retourne à son jardin. Mimi va ranger son précieux livre à l'intérieur et nous rejoint sans s'être changé. Les tenues de sportif, les uniformes comme il dit, ne l'intéressent pas.

– T'as pas peur de salir ton beau short à carreaux ? je demande.

– Non. Mais si mon short te gêne je peux jouer en slip !

– Heu... non, merci ! Ça ira comme ça.

Sur le pré aménagé en terrain de football, Mimi dribble, feinte et s'évertue à marquer des buts. Mais Singe bloque ou dévie tous ses tirs, le visage fendu d'un grand sourire.

– Peut-être que si tu jouais en slip, ça le déconcentrerait, suggère Anouk.

– C'est plutôt toi qui serais déconcentrée ! je dis.

– Ça va, ça va... lâchez-moi le slip ! dit Mimi avant de tirer à côté du but.

Nous jouons comme des fous jusqu'à sept heures. Puis nous nous allongeons dans l'herbe, les bras en croix. J'ai le dos trempé de sueur et l'herbe me chatouille le cou, les bras et les mollets. Quelque chose atterrit sur ma cuisse droite et je me relève un peu pour voir. C'est une sauterelle. Vert et jaune. Je me demande si elle se rend compte qu'elle se trouve sur quelqu'un de beaucoup plus gros qu'elle. Je contracte le muscle de ma cuisse mais elle ne bouge pas. Je souffle dessus et elle ne bouge toujours pas. Je lève lentement ma main droite et, soudain, elle n'est plus là.

– Bon. À la bouffe ! dit tout à coup Singe, en se relevant.

Et chacun rentre chez soi, le corps ivre et repu de fatigue.

Chapitre 10

Lorsque nous rentrons, Anouk et moi, papa et maman sont affairés à la cuisine. De les voir, là, papa à éplucher un oignon et maman à remuer je ne sais quoi dans un « faitout », mon cœur s'emplit de joie.

– Mmm... Ça sent bon, dit Anouk. C'est quoi ?

– De la pâtée pour enfants, dit papa. C'est comme de la pâtée pour chien, mais avec des carottes pourries en plus !

– Cool, je dis. Si tu pouvais ajouter du pain moisi, papa, ce serait encore meilleur !

– C'est du poulet basquaise, dit maman.

– C'est toi la meilleure, m'man ! dit Anouk.

Je me douche en premier puis, en attendant ma sœur, je grignote un bout de pain. Enfin elle arrive, les cheveux encore mouillés, et nous attaquons les pâtes et le poulet basquaise. Papa raconte à maman ma découverte dans la forêt, la venue des gendarmes et ajoute qu'il y aura un article dans le journal dans quelques jours.

– J'aurai ma photo ? je demande. J'aimerais bien avoir ma photo dans le journal !

– Non, Alex, dit papa. L'important, dans cette histoire, c'est Sauvageon, pas ta petite personne. Mais il y aura ton nom. Ça, c'est sûr.

– Youhou ! Ça y est, je vais être une star !

– Oui, la star des clochards, mon fils !

– Tu crois que les gendarmes vont retrouver Sauvageon ? demande Anouk.

Papa hausse les épaules.

– Je l'ignore, cocotte. Tu sais, des tas de gens disparaissent et on ne les retrouve jamais.

– C'est vrai ? je demande.

– Oui, dit papa d'une voix grave. Malgré toute la science et la technologie actuelles, des gens disparaissent sans laisser de trace. Eh oui, il y a encore sur cette terre des contrées inexplorées, des créatures et des forces dont nous se soupçonnons pas l'existence !

– Peut-être, papa. Mais moi, grâce à mon sixième sens d'Indien, je vais retrouver Sauvageon !

– Ah oui ? dit maman. Puisque tu es si fort, tu vas pouvoir me rendre service. J'ai perdu les clés du cadenas de mon vélo. Si tu les retrouvais, ça m'aiderait beaucoup. J'offre une prime de deux euros à celui ou celle qui me les rapportera !

– Elles sont dans un tiroir du meuble blanc de la buanderie, je dis. Celui avec les piles, les allumettes et d'autres trucs. Tu me dois deux euros, m'man !

– Wah ! fait maman. C'est donc vrai, tu es un véritable petit Indien !

– Oui. Et d'ailleurs, je pense que je vais me trouver un nom d'Indien ! J'hésite entre « Œil de lynx » et « Nuage rapide »...

– « Serpent à sornettes », ça t'irait bien, dit Anouk.

Après le repas, nous regardons un film avec papa. Maman préfère jardiner un peu. La journée, elle travaille dans un bureau alors le soir elle aime bien être un peu dehors.

Le film est ennuyeux, il y a tous ces gens qui parlent et parlent sans cesse. Ils feraient mieux de se taire et d'en faire un peu plus. Enfin, c'est mon avis. J'abandonne à la moitié, je dis bonsoir tout le monde et je vais me coucher. Je lis quelques pages d'une bande dessinée et là c'est pareil, les personnages parlent et parlent... Si je pouvais entrer dans l'histoire, d'abord je mettrais des baffes à tout le monde. Ensuite je dirais : Fermez vos clapets et maintenant on attaque les extraterrestres ! Je vais tout de même jusqu'au bout de l'histoire, mais juste en regardant les dessins.

Cette nuit-là, je fais un rêve étrange. Un groupe de personnages flous se déplace en file indienne dans le désert. Ils marchent en l'air, à quelques centimètres au-dessus du sol, et surtout très, très lentement. Derrière moi, une voix lointaine, à peine audible, dit mon prénom, et je me rends compte que je suis un de ces personnages flous. Je veux me retourner pour voir qui m'appelle, mais mon corps est comme englué dans de la boue. Il me semble que je mets plusieurs heures à me retourner, et toujours cette voix qui dit : Alex ! Alex !

– Alex !

J'ouvre les yeux et découvre Anouk assise sur le côté de mon lit. Ma lampe de chevet est allumée et je distingue clairement ses yeux rougis de n'avoir pas dormi, ou pleuré, ou trop lu. Elle est pâle et semble un peu fiévreuse. On dirait qu'elle vient de voir un fantôme.

– Alex, t'es un génie ! Ou alors le garçon le plus chanceux de la terre !

– Il est quelle heure ? je dis, la bouche pâteuse.

Puis, je bâille à m'en décrocher la mâchoire.

– Il est deux heures vingt-deux.

– Purée, mais t'es folle ? Qu'est-ce que tu veux ?

Anouk me montre le carnet noir, le journal de Sauvageon.

– J'ai tout lu. De la première à la dernière ligne et c'est un truc de malade ! Figure-toi que Sauvageon cherchait un trésor !

– Un trésor de quoi ?

Anouk se met à parler si vite que j'ai du mal à comprendre tout ce qu'elle dit. Et patati que Sauvageon cherchait un trésor de la fin du Moyen Âge, enterré par des moines près d'un lac où on sacrifiait des chats pour éloigner les sorcières. Et patata que Sauvageon a découvert où se trouvait ce fameux trésor. Et patatras que le journal de Sauvageon s'arrête le jour où il a décidé de récupérer le trésor. Donc mystère et boule de gomme.

– Et alors ? je demande.

– On va être riches !

– Mais je suis déjà riche ! J'ai presque huit cents euros sur mon livret d'épargne !

– Huit cents euros, mais c'est rien du tout, Alex ! Moi, je te parle de millions ! De milliards !

– Mais oui, mais oui... Heu, on verra demain. J'ai sommeil, moi.

– D'accord, d'accord. Mais surtout ne dis rien à personne. Motus, hein ? Salut !

– Salut.

Anouk quitte ma chambre en marchant sur la pointe des pieds et referme doucement la porte. Avant d'éteindre ma lampe de chevet, je reste un moment songeur. Oui, ce serait génial de trouver un trésor, mais au fond de moi je sais que ce n'est qu'un rêve. Ce genre d'histoire n'arrive qu'aux autres. Dans d'autres pays.

Chapitre 11

Le lendemain matin, lorsque Anouk descend à la cuisine, je suis déjà occupé à éplucher les pommes de terre pour ma purée de midi.

– Alors, je dis, la chasse au trésor a été bonne ?

Elle me donne aussitôt un coup de poing mou sur l'épaule.

– Qu'est-ce que j't'ai dit ? Motus et bouche cousue. Compris ?

– Pas de panique, on est seuls.

– C'est pas une raison. Il y a peut-être des espions !

– Des espions de quoi ?

– Tais-toi... je voudrais prendre mon petit déjeuner tranquillement. Je dois réfléchir.

Après le repas de midi, nous rejoignons Singe et Mimi devant l'école maternelle. Durant les vacances scolaires, c'est l'endroit le plus tranquille du bourg. Des arbres nous protègent du soleil et des regards, et il y a même des bancs pour s'asseoir. On se dit salut. Puis Anouk me demande de raconter aux autres comment j'ai trouvé l'abri de Sauvageon. Ce que je fais, en y ajoutant des détails que j'invente au fur et à mesure. Par exemple, je raconte que la chèvre noire m'avait regardé avec des yeux menaçants, ce qui intrigue Mimi.

– Comment ça, des yeux menaçants ?

– Elle avait un regard de tueur, si tu préfères, je dis.

– Tu veux dire, dit Singe, que la chèvre allait t'agresser ?

Et il éclate de rire. Mimi s'y met aussi, et son rire qui ressemble à un aboiement de chien dure une demi-minute.

– Bon, je peux raconter mon histoire jusqu'au bout ? je dis.

– C'est bon, c'est bon, dit Mimi.

Je reprends mon histoire, en ajoutant seulement que j'avais toujours l'impression d'être suivi par une présence invisible, une sorte d'esprit malveillant. Lorque j'ai terminé, Anouk déballe le carnet noir de Sauvageon et le passe à Mimi, qui le feuillette aussitôt.

– Sauvageon cherchait un trésor, dit Anouk. Rappelez-vous ; quand il mendiait, il passait son temps à lire. Et tous les détails de sa recherche du trésor sont dans ce carnet. Il a écrit tous les titres des livres qui lui ont permis de retrouver le trésor.

– Tu crois qu'il mendiait pour s'acheter des livres ? demande Singe.

– Je ne sais pas, dit Anouk. Peut-être que c'était pour payer son abonnement à la médiathèque. Il y allait souvent.

– C'est drôle, je ne l'ai jamais vu à la médiathèque, je dis.

– Et tu sais pourquoi ? dit Anouk. Parce que tu ne vas jamais à la médiathèque ! Comment pourrais-tu voir quelqu'un là où tu ne vas jamais ?

Singe et Mimi se remettent à rire. Mais je ne me vexe pas.

– Tu as raison, je dis. Mais ça n'explique pas pourquoi Sauvageon a disparu.

– Ça, je ne sais pas. Mais il suffit d'aller au lac d...

Anouk s'interrompt, balaie du regard les environs et continue en chuchotant :

– Il suffit d'aller au lac des Trois Chats, de repérer un gros chêne, de marcher soixante pas vers l'est à partir du chêne, de creuser et de récupérer le trésor.

– Ça paraît trop beau pour être vrai, dit Mimi. Tout le travail d'enquête est déjà fait.

– Je sais, je sais, dit Anouk.

Une mèche de cheveux lui tombe sur le visage. Elle souffle pour l'envoyer plus loin mais ça ne suffit pas.

– Excusez-moi, je dis. Je me répète, mais ça n'explique pas pourquoi Sauvageon a disparu.

Par exemple, il a peut-être déjà récupéré le trésor et est parti refaire sa vie au Mexique. Et maintenant, à la place du trésor, il y a juste un gros trou !

– Pourquoi au Mexique ? demande Singe.

– C'est un exemple. C'est juste pour dire qu'il est parti loin. Dans les films, tout le monde veut refaire sa vie au Mexique.

– Ah, d'accord.

– Ou alors il n'était pas seul, je dis. Il a été trahi par ses complices qui l'ont tué et...

– Mais non, mais non, tu n'es pas logique ! dit Anouk. Premièrement, si Sauvageon avait des complices, il en aurait parlé dans son carnet. Deuxièmement, s'il avait récupéré le trésor, il ne serait pas parti sans son carnet ni ses photos et sans donner des nouvelles à sa sœur !

– C'est peut-être la chèvre noire qui l'a agressé, dit Singe.

– Mais non, c'est pas ça ! je dis. C'est un trésor piégé, comme les anciens tombeaux égyptiens des pyramides ! Si tu ne fais pas ce qu'il faut, tu te retrouves avec la tête arrachée ou le cœur dévoré par des araignées... T'en penses quoi, Mimi ?

Mimi est un peu considéré comme le sage du groupe. Par exemple, lorsque nous votons pour choisir un film au vidéo-club, son vote compte double. Mimi soupire. Puis il nous regarde chacun droit dans les yeux tout en passant sa langue sur ses lèvres et en hochant la tête de gauche à droite.

– Hou là là... ce que vous pouvez dire comme bêtises, dit-il. Les complices, les pièges, tout ça c'est des fables. Anouk a raison, il faut être logique. Cette histoire de trésor, franchement, c'est pas très sérieux. Il ne faut pas croire tout ce que les gens racontent. Sauvageon n'avait pas une vie très passionnante, alors il s'est peut-être inventé une vie de chasseur de trésors dans son carnet !

Anouk, Singe et moi, nous échangeons de brefs regards. L'implacable logique de Mimi nous réduit au silence. Comment fait-il pour penser à ce genre de choses ? Moi, je n'ai plus aucun doute. Le trésor existe, on va le récupérer, devenir riches et être en vacances toute la vie.

– Il faut reprendre l'histoire de Sauvageon depuis le début, ajoute Mimi.

– Quel début ? dit Singe.

– Mais oui ! s'écrie Anouk. On va vérifier les informations qui sont dans le carnet noir ! Allez, tous à la médiathèque !

Chapitre 12

Marie-Josée, la responsable de la médiathèque, se marre dès qu'elle nous voit entrer, Singe et moi, à la suite d'Anouk et de Mimi.

– Alors ça, dit-elle, je vais prendre une photo ! C'est la première fois que je vous vois tous les deux ici en dehors des visites avec l'école !

– On est d'accord pour la photo, Marie-Josée ! dit Singe. Hein, Alex ?

– Absolument.

Anouk et Mimi montent à l'étage, tandis que Marie-Josée cherche son appareil photo. Elle ouvre plusieurs tiroirs de son bureau et le trouve enfin. Singe et moi, nous posons avec, sur les lèvres, les sourires les plus faux du monde.

– Alors, qu'est-ce qui vous arrive ? demande Marie-Josée. Vous êtes malades ?

– Non, je dis. Ce serait trop bête d'être malade pendant les vacances...

– On est venus accompagner nos potes, dit Singe.

Nous rejoignons Anouk et Mimi à l'étage. Assis à une table, chacun consulte un livre.

– Ça va durer longtemps ? demande Singe.

– La ferme, dit Mimi.

– Hé, la ferme toi-même, malpoli !

– LA FERME !!! hurle Mimi, le regard mauvais.

J'entraîne Singe par le bras. Il résiste un peu au début puis il se laisse faire et nous sortons.

– Laissons-les vérifier dans les bouquins, je dis. Ça les déconcentre si on est là.

– Tu crois que ça va durer longtemps ? redemande Singe.

– J'en sais rien. J'suis pas devin, moi !

L'allée qui mène à la médiathèque est goudronnée. Mais, à côté de l'allée, le sol est recouvert de petit gravier. J'en prends plusieurs poignées que je dépose dans le bas de mon tee-shirt, en le remontant et en tenant le bord. Puis, je ramasse une boîte de bière vide à moitié écrasée qui traîne par terre, et la place à environ un mètre cinquante des escaliers de la médiathèque. De là, Singe et moi, nous allons jouer à lancer des graviers et tirer sur la boîte en fer. Ça peut paraître stupide, mais c'est un jeu d'adresse qui ne coûte rien. Ou presque.

– Dix centimes quand on touche la boîte, je dis.

– D'accord, dit Singe. Le premier qui arrive à deux euros gagne tout. Je ne peux pas parier plus, je suis fauché en ce moment.

– Très bien. Vas-y, commence...

Singe lance un gravier et manque la boîte. Je lance et rate à mon tour. Singe est plus doué que moi et il remporte la première partie. Il remet aussitôt ses deux euros en jeu. Et nous jouons, nous lançons, nous tirons, nous pestons, nous crachons, nous rions. Nous devenons si forts à ce jeu que j'éloigne la boîte d'un mètre pour que ce soit plus difficile. Puis nous lançons de l'autre main. Puis en fermant les yeux. N'importe quoi pour faire passer le temps.

Lorsque nous avons soif, nous allons boire aux toilettes de la médiathèque. Puis nous recommençons notre jeu débile, et je crois que Singe et moi on serait devenus fous à force de jouer si Anouk et Mimi étaient restés à l'intérieur deux minutes de plus. Enfin, ils sortent, les yeux brillants et le visage fendu d'un sourire de grande satisfaction.

– Alors ? je demande.

– Tout est vrai, dit Mimi. Je ne le croyais pas, mais tout ce que Sauvageon a écrit est exact. D'après les livres d'ici, il y aurait bien un trésor du Moyen Âge enterré près du lac des Trois Chats. Il ne reste plus qu'à espérer que les livres ne mentent pas.

– Pourquoi ils mentiraient ? dit Singe.

– C'est une façon de parler, dit Mimi. Les livres ne peuvent pas mentir, mais ceux qui les ont écrits, oui.

Singe et moi, nous faisons la grimace. Les explications de Mimi nous embrouillent.

– Il n'y a plus qu'à aller sur place pour vérifier, dit Anouk.

C'était la phrase que j'attendais. La phrase qui regonfle le moral. Enfin, il allait y avoir un peu d'action.

– Au fait, vous l'avez pas dit, mais comment ils s'appelaient, les chats ? demande Singe.

– Quels chats ? demande Anouk.

– Ben, les chats du lac des Trois Chats !

– Athos, Porthos et Aramis, dit Mimi.

– Ah ouais ? Comme les trois mousquetaires ?

– Bien sûr. Chaque mousquetaire avait un chat qui s'appelait comme lui. Et chaque chat avait un chapeau, une épée et un collier d'une valeur inestimable offert par la reine de France ! Mais les sorcières du lac ont attrapé les chats pour en faire leurs esclaves et ont enterré leurs colliers au pied d'un grand chêne. Et depuis ce jour, le lac qui s'appelait « le lac des Sorcières », est devenu « le lac des Trois Chats ».

– C'est dingue... dit Singe.

Anouk et moi, nous éclatons de rire.

– C'est toi qui es dingue, Singe ! s'exclame Mimi. Dès qu'on parle de trésor, tu crois n'importe quoi !

– Ben quoi, les mousquetaires ont le droit d'avoir des chats !

– Bien sûr. Mais il n'y avait pas de mousquetaires au Moyen Âge ! Les mousquetaires, c'est après. Mais avec tout ça, j'ai oublié de vous parler du plus important, dit Mimi, la voix grave.

– Qui est ? je demande.

– La distance qui nous sépare du trésor. Environ quarante kilomètres.

– C'est pas un problème, dit Singe. Mon père nous emmènera en voiture.

Tous, nous le regardons avec pitié. Avec lui, on trouverait vite fait le trésor, et on se le ferait confisquer encore plus vite.

– Et tu vas dire quoi à ton père ? je dis. Tu vas lui dire, papa, avec les copains, on cherche un trésor, tu peux nous emmener en bagnole ?

– Ben oui. C'est un type cool, mon père. Il sera d'accord.

– Ouais, on lui dira merci. Et il dira de rien les enfants et il nous laissera le trésor, c'est ça ?

– Faudra partager avec lui, mais je suis sûr qu'il ne prendra pas plus que sa part.

– On partage pas avec des adultes, je dis.

– Ah bon, et pourquoi ça ?

– Parce que les adultes sont plus malins que nous. Ils vont se débrouiller pour nous piquer le trésor et à la fin, il ne nous restera que les yeux pour pleurer ! Voilà pourquoi !

– Bien parlé ! dit Mimi.

– Ah oui, bravo Alex ! dit ma sœur.

Singe soupire.

– Mais comment on va faire pour aller au lac des Trois Chats ?

– J'ai un plan, dit Mimi.

Il nous regarde l'un après l'autre en souriant. Il fait durer son plaisir d'en savoir un peu plus que nous. Une mouche se pose sur son épaule droite, fait un demi-tour sur elle-même, redécolle et se pose sur la tête de Singe qui ne se rend compte de rien.

– Les amis, dit enfin Mimi, avez-vous déjà entendu parler de cette ancienne et magnifique invention... le train ?

Chapitre 13

Mimi nous expose son plan.

– On prend le train avec nos vélos jusqu'à la gare de Bourg-sur-Bruche, c'est le village le plus proche du trésor. Ensuite on pédale jusqu'au lac des Trois Chats, et voilà !

Dit comme ça, c'est tellement simple que j'ai presque envie d'éclater de rire. Mais Singe, qui pense autrement, objecte :

– Mais qu'est-ce qu'on va dire à nos parents ? Pourquoi on prendrait le train jusqu'à Bourg-sur-Bruche ? On irait faire quoi, là-bas ?

– C’est vrai, ajoute Anouk, il nous faut une bonne excuse pour les parents.

– Parfois, dit Mimi, votre cécité me fait de la peine...

– C’est si quoi ? je demande.

– Cécité, dit Mimi. Ça veut dire que vous êtes aveugles. Il faudrait un peu élargir ton vocabulaire, Alex.

– Vocabulaire toi-même, je dis.

– Alors ? demande Mimi. Vous ne voyez rien ?

Mimi nous montre du doigt la porte en verre de la médiathèque. Diverses affiches y sont scotchées, et l’une d’elles me saute aux yeux. Elle annonce la venue d’une fête foraine dans trois jours à... Bourg-sur-Bruche !

– Mimi, t’es un génie, dit Anouk. Une fête foraine, ça c’est une super excuse !

– Et je sais déjà que mes parents seront d’accord pour que j’y aille, dit Mimi.

– Moi aussi, dit Singe.

– Et vous, les Ratons Laveurs ? demande Mimi. Vous croyez que vos parents seront d’accord ?

– Je ne sais pas, dit Anouk. Maman aura du mal à nous laisser partir si loin. Mais comme on y va tous les quatre, ça devrait aller.

Je ne dis rien mais ne suis pas aussi optimiste que ma sœur. Je ne pense pas que maman soit le problème. Le problème, c'est papa. Il insistera pour venir avec nous car il adore faire des tours de manège. La dernière fois que nous sommes allés à une fête foraine, papa a soudainement eu l'âge mental d'un enfant de huit ans. Il riait et criait comme le dernier des crétins. Il a même voulu monter sur un manège pour les petits mais les forains ne l'ont pas laissé faire. Jamais je n'ai eu aussi honte de lui. Une dame m'avait demandé si c'était mon papa et j'avais répondu oui, mais qu'il était handicapé : débile léger. Ce qui avait fait rire papa de plus belle. En signe d'amitié et de soutien moral, la dame m'avait tapoté l'épaule.

– Vous avez trois jours pour les convaincre, dit Mimi.

– Trois jours, répète Singe.

– *Three days*, dit Anouk dans un anglais impeccable.

– Un jour, plus un jour, plus un jour, je dis.

Chapitre 14

Le soir même, Anouk raconte à nos parents qu'en allant à la médiathèque, nous avons vu une affiche annonçant la fête foraine de Bourg-sur-Bruche.

– Avec Singe et Mimi, on aimerait y aller en train. On partirait toute la journée, ça nous ferait comme une petite aventure !

– C'est quand ? demande papa.

– Ça commence dans trois jours, jeudi. On aimerait y aller pour l'ouverture. Après, il y aura trop de monde.

– Exactement ! je dis, pour dire quelque chose.

Papa et maman se regardent et c'est comme s'ils communiquaient par la pensée. Maman regarde papa droit dans les yeux, son sourire lui faisant une légère fossette sous la joue gauche. Papa sourit à son tour et dit :

– C'est d'accord, les enfants. Je vous emmènerai en voiture jusqu'à la gare.

– On préférerait aller à la gare en vélo, dit Anouk. Comme ça on ira de la gare de Bourg-sur-Bruche à la fête foraine en vélo.

– Eh bien, puisque vous avez pensé à tout, c'est d'accord ! dit maman. Mais tu m'enverras un texto toutes les heures pour me dire que tout va bien.

– Mais oui, bien sûr ! *Oh, thank you mother!* dit Anouk.

Sous l'émotion, la voilà qui se remet à parler anglais.

– Merci papa, je dis.

– De rien, Alex. Tu protégeras ta sœur contre les attaques d'extraterrestres et de zombis.

– Et de chèvres noires ! je dis.

– Très bien.

Anouk et moi, nous sommes étonnés de la réaction de nos parents. Nous ne nous attendions pas à ce qu'ils nous disent oui aussi vite. Et surtout sans rien demander en échange. Nous étions prêts à débarrasser la table après les repas pendant un mois, ou même à laver la cuisine à fond. Mais non, pas de marchandage ni de questions indiscrètes. Je m'en doutais depuis pas mal de temps mais, cette fois, j'en ai la certitude : nous avons de bons parents.

Le soir, nous retrouvons Singe et Mimi sur le pré pour notre partie de foot. Mais nous jouons sans conviction. Nous sommes lents, nos passes sont molles et nos tirs imprécis. Même Singe, le plus doué et le plus passionné de foot de nous quatre, se déplace comme si ses jambes étaient en plomb. Impossible de se concentrer, le trésor occupe toutes nos pensées.

Finalement, nous nous asseyons en cercle autour du ballon, dont la surface en cuir est chaque jour de plus en plus éraflée. Mimi sort un paquet de bonbons et le fait passer. Nous en prenons chacun deux ou trois, si bien que lorsque Mimi récupère son paquet, il est à moitié vide.

– Je sais pas pour vous, chlurp, dit Singe, mais j'arrête pas, chlurp, de penser au trésor. Il faudrait trouver un chlurp moyen de faire passer le temps plus vite, chlurp chlurp ! Trois jours, chlurp, c'est long !

– Pareil, chlurp ! dit Anouk. J'aimerais chlurp me coucher et me réveiller dans trois chlurp jours !

– Le meilleur moyen, chlurp, dit Mimi, c'est de ne chlurp plus parler du trésor.

– J'allais le chlurp dire, je dis.

Et tout à coup c'est comme si nous avions perdu la faculté de parler. Nous, les bavards, les loquaces, les pipelets. Alors nous chlurpons en silence nos bonbons jusqu'au bout. Une araignée a commencé l'ascension du ballon. Petite main minuscule se déplaçant aussi facilement sur une paroi verticale que sur du plat. Avant, j'avais tellement peur des araignées que je les écrasais systématiquement. Mais depuis que papa m'a dit qu'elles étaient utiles en mangeant des tas d'insectes encore plus moches qu'elles, j'apprends à les laisser tranquilles. Simplement il ne faut pas qu'elles soient trop grosses, sinon c'est plus fort que moi, je les tue.

– J'ai jamais pris le train de ma vie ! dit soudainement Singe.

Voilà ce qui arrive quand votre papa vous emmène partout en voiture.

– Et je sais pas du tout comment ça marche, il ajoute.

– C'est simple, je dis. Tu attends que le train s'arrête, tu appuies sur le bouton pour ouvrir la porte et tu montes dedans...

– C'est pas ça ! Je voulais dire... heu... je sais pas comment ça marche pour les billets, tout ça !

Et il fait un grand geste de la main lorsqu'il dit « tout ça ».

– Quoi, « tout ça » ? dit Anouk, en imitant son geste.

– Oui, explique-nous « tout ça », dit Mimi, l'imitant lui aussi.

– Comment on sait qu'on est dans le bon train ? dit Singe. Comment on est sûr qu'il roule dans la bonne direction ?

– On ne le sait pas, dit Mimi. Tu peux prendre le train pour aller à Toul et arriver à Toulon. C'est ça qui est marrant avec le train.

– C'est bien ce que je pensais, dit Singe. Le train, c'est nul !

Anouk, Mimi et moi, nous nous regardons. Nous ne savons pas si Singe fait semblant de nous croire ou pas.

– Je propose qu'on achète nos billets de train à l'avance, dit Anouk. On devrait y aller demain matin. Comme ça on verra combien de temps ça prend pour aller d'ici à la gare en vélo.

Nous sommes d'accord, c'est exactement ce qu'il faut faire. Partir à la recherche d'un trésor demande un minimum de préparation. Nous nous levons tous en même temps. Et chacun rentre chez soi, la tête pleine de trésors, de trains, et de « tout ça ».

Chapitre 15

Le lendemain matin, avec Anouk nous arrivons en avance à notre habituel lieu de rendez-vous. Mimi est déjà là. Assis sur le banc, son biclou posé contre l'arbre, il mange une pomme.

– Salut.

– Salut.

– Salut.

Nous posons nos vélos contre le sien et nous asseyons à côté de lui. Cinq, puis sept minutes passent. Anouk se met debout sur le banc, espérant voir Singe arriver au loin. Mais de Singe, point.

– Purée, il s'est perdu ou quoi ? dit-elle.

Elle s'assoit et tapote un rythme sur sa cuisse. Mimi, qui a terminé sa pomme, sort d'une poche de son short un livre minuscule et commence à lire. De mon côté, ayant repéré plusieurs mégots de cigarettes, je me lève et joue à shooter dedans. Je consulte ma montre toutes les trente secondes. Enfin, Singe arrive sur son vélo de course. Il nous sourit mais ses yeux le trahissent. On voit bien que quelque chose le tracasse. Lorsqu'il s'arrête, ses freins font un bruit épouvantable.

– Salut, dit-il.

– Qu'est-ce qui t'est arrivé ? demande Anouk. T'as dû réapprendre à faire du vélo, ou quoi ?

– On t'attend depuis exactement seize minutes et trente-sept secondes, je dis.

De son côté, Mimi nous ignore complètement. À fond dans sa lecture.

– J'avais un pneu dégonflé, dit Singe. Et comme je ne trouvais pas ma pompe à vélo, je suis allé en demander une chez un voisin. Sinon, heu... je vais pas à la gare. C'est pas la peine, je ne pourrai pas chercher le trésor avec vous.

Mimi referme brusquement son mini-livre.

– De quoi ? dit-il.

– J'ai une cousine de Paris qui arrive cet après-midi à la maison. J'étais pas au courant. Elle vient chez moi en vacances pendant deux semaines.

– Et alors ? dit Anouk.

– Alors, mes parents ne voudront pas que je la laisse en plan. Je devrai toujours être avec elle !

– Et où est le problème ?

– Le trésor, dit Singe. On va pas partager le trésor de Sauvageon avec ma cousine ! Elle fait pas partie de notre bande !

– Faudrait savoir, dit Anouk. Tu voulais bien partager le trésor avec ton père ! Pourquoi pas avec ta cousine ?

– C'est pas pareil, dit Singe. Mon père, il est cool. Ma cousine, je la connais pas bien, ça fait super longtemps que je l'ai pas vue. La dernière fois, c'est quand j'avais cinq ans.

Nous restons silencieux quelques secondes. C'est pas de chance, on n'a pas encore vraiment commencé à chercher le trésor qu'un problème imprévisible est déjà à résoudre.

– Tant pis, dit Mimi. On cherchera le trésor quand ta cousine sera partie.

– Ah, non ! je dis. Et si quelqu'un trouve le trésor avant nous ? Ce serait vraiment trop bête ! On va prendre ta cousine dans notre bande, et puis voilà !

– D'accord, mais il faut lui faire passer trois épreuves, dit Singe. Si elle réussit deux épreuves sur les trois, on la prend dans notre bande !

– T'as passé des épreuves, toi ? demande Anouk.

– Non. Mais on pourrait la faire marcher sur des charbons ardents, ou bien lui faire manger des sauterelles, ou bien...

– On se calme, dit Mimi en se levant du banc. On va faire comme Alex a dit. On va prendre la cousine dans notre bande !

– Oui, mais pour le trésor ? dit Singe.

– Tu partageras ta part avec ta cousine.

– Ah non, c'est pas juste !

– Je blague... dit Mimi.

– Quand il y en a pour quatre, il y en a pour cinq ! dit Anouk.

Nous décidons de reporter l'achat des billets de train à demain. Puis nous remontons sur nos vélos et nous roulons jusqu'à la rivière. Là, assis dans l'herbe sous de grands arbres noueux, tout en jetant de temps à autre des cailloux dans l'eau, on se demande ce qu'on fera avec notre part du trésor. Mimi pense ouvrir une librairie. Comme ça, il pourra lire tous les livres qu'il veut sans les payer. Singe, lui, envisage de s'acheter un club de foot et d'en devenir le président. Anouk, je le sais depuis longtemps, rêve de s'acheter une maison avec une piscine à moitié à l'intérieur, à moitié à l'extérieur. Moi, je pense acheter un bateau et faire le tour du monde, ou bien devenir pirate. Ce serait tellement génial. Mais j'ai du mal à y croire complètement. L'inexplicable disparition de Sauvageon plane comme une menace sur nos rêves, et cela me contrarie.

Le soir, sur notre terrain de foot, Mimi, Anouk et moi attendons que Singe vienne avec sa cousine pour nous la présenter. Ils arrivent pile au moment où Mimi perd sa basket droite en tirant un penalty à Anouk. Le ballon manque le but, mais pas sa basket. Anouk a heureusement le réflexe de se coucher dans l'herbe.

– But ! dit Mimi.

– Ça va pas la tête ? dit Anouk. C'est le ballon qui doit rentrer dans le but, pas tes godasses pourries !

Mimi ricane et va récupérer sa basket. Puis, notre attention se tourne vers la nouvelle venue. Ronde et un peu plus grande que Singe, un visage drôlement joli, elle nous dit : « Salut, moi c'est Djamila ! » et fonce droit sur le ballon et le pose à l'endroit du penalty.

– C'est qui, le meilleur gardien ? demande-t-elle.

– C'est moi, dit Singe.

Anouk laisse la place dans les buts, et Singe se met en position. La cousine recule de quelques pas pour prendre son élan, puis s'élance et tire un boulet de canon qui prend Singe à contre-pied. On est tous sciés. Puis, la cousine marche en frimant jusqu'à Mimi.

– C'est comme ça qu'on tire un penalty, mec !

– C'est bien visé, répond Mimi. Je le reconnais. Mais je préfère ma technique de la basket qui s'envole.

– Ce sont les clowns qui jouent comme ça !

On se marre tous. Singe avait tort de s'inquiéter. Il n'a fallu que quelques secondes à sa cousine pour s'intégrer dans notre bande.

Chapitre 16

Le lendemain matin, nous roulons en direction de la gare. Singe a prêté son vélo à sa cousine et chevauche celui qu'il avait quand il était petit. C'est le plus rapide d'entre nous à vélo et, d'habitude, il roule devant tout le monde. Mais cette fois, malgré son bon coup de pédale, il est bon dernier. Il y a une longue descente avant d'arriver à la gare et j'en profite pour doubler Mimi et les filles. Je pose le premier mon vélo contre un mur de la gare. Puis, je consulte ma montre.

– Treize minutes ! je dis lorsque Singe arrive enfin.

– Demain nous aurons nos sacs à dos, on sera donc un peu moins rapides, dit Mimi.

– Faudra partir au moins une demi-heure avant, dit Anouk.

– Avant quoi ? demande Singe.

– Avant l'heure du train, dit Anouk. Tu sais, pour ne pas le rater !

– Ah, d'accord. Et maintenant, on fait quoi ?

– T'es ouf ou tu fais exprès ? dit Djamila à Singe. On va acheter les billets !

– Hé, c'est pas ma faute si j'ai jamais pris le train, d'accord ?

– Pas la peine de stresser, dit Mimi. T'es pas tout seul, on est là.

Nous coutournons la gare sans entrer dedans, cela fait belle lurette que le guichet de vente de billets a été remplacé par un distributeur automatique placé sur un quai, sous un petit abri. Non loin du distributeur, un type parle fort avec un agent de la SNCF.

– Sans déconner... dit-il. Et je fais quoi maintenant ? Je fais quoi ?

– Vous devez attendre le prochain train, dans trois heures, monsieur.

– Dans trois heures ! Trois heures !!! Et je fais quoi, moi, pendant trois heures ? Y a rien, ici, y a même pas de bistrot, c'est qu'un bled pourri !

– Je suis désolé, monsieur.

Puis, l'agent de la SNCF vient vers nous.

– Bonjour les enfants ! Vous venez pour le train de onze heures onze ?

– Non, monsieur, dit Mimi. On vient acheter des billets pour le train de douze heures douze de demain !

L'homme paraît soulagé.

– Il y a une grève surprise des conducteurs de train depuis ce matin, dit l'agent. Je ne sais pas encore combien de temps elle va durer et... bref, des trains sont annulés. Il n'y en a qu'un sur trois qui circule.

– Et demain ? dit Anouk.

Le type qui parlait avec l'agent passe devant nous tête basse, tirant un sac énorme à roulettes. Les roulettes grincent un peu à la façon d'une craie sur un tableau et ça me fait presque mal aux dents.

– Je ne sais pas, dit l'agent. On ne peut pas savoir à l'avance. Renseignez-vous sur internet, les enfants. Il y aura sûrement des informations.

Il a vraiment l'air désolé pour nous. Nous lui disons merci et allons jusqu'au distributeur de billets.

– On fait quoi si notre train est annulé, demain ? insiste Singe.

– On partira après-demain, dit Anouk. De toute façon, on n'est pas à un ou deux jours près.

– Ouais mais quand même, c'est bizarre, je dis.

– Quoi ? Qu'est-ce qui est bizarre ? demande Djamila.

En vérité, je ne sais pas trop. C'est peut-être mon sixième sens d'Indien, mais j'ai une sorte de pressentiment. Quelque chose n'est pas clair dans cette histoire de trésor. Tout est trop facile, et en même temps il y a toujours quelque chose de nouveau qui semble vouloir retarder notre départ. Quelque chose ne va pas, mais quoi ?

– Rien, rien, je dis.

– C'est toi qui es bizarre à tout trouver bizarre. Les grèves et les trains en retard, ça arrive tout le temps !

Je hausse les épaules. Djamila a sans doute raison. Nous commandons nos billets, nous les payons et la machine les imprime. Puis nous passons le reste de la journée à nous inquiéter de cette grève SNCF. On a beau discuter, se moquer les uns des autres, jouer au foot, se marrer, l'inquiétude est toujours là. Le soir, avec maman, je regarde sur internet mais il n'y a que des informations sur les TGV. C'est à croire que les petits trains comme le nôtre comptent pour du beurre.

Chapitre 17

– Alex ! Alex !

C'est Anouk.

– Quoi ?

– Tu le veux à quoi, ton sandwich ? Tu préfères un jambon-beurre ou bien un camembert-moutarde ?

– Purée, laisse-moi me réveiller... On a le temps pour préparer les sandwichs !

– Tu rêves ! Il est dix heures et demie et on part dans une heure et quart ! Décide-toi, c'est maintenant ou jamais !

Je n'en reviens pas de l'heure. Hier soir j'ai eu du mal à m'endormir, j'ai lu longtemps et puis après c'est le trou noir. Je ne me souviens pas du tout d'avoir rêvé.

– Un jambon-beurre, mais avec un peu de gruyère râpé dessus et deux cornichons coupés dans le sens de la longueur, je dis.

– Ça roule !

Avant de redescendre, Anouk ouvre en grand la fenêtre de ma chambre. Je m'attends à une lumière aveuglante, mais non, dehors il fait gris et il pleut. Je m'habille, me débarbouille vite fait et descends à la cuisine. Anouk termine d'emballer nos sandwichs dans du papier aluminium. Puis elle les range dans un sac à dos, à côté de deux petites bouteilles d'eau, des chips, deux pommes, un paquet de gâteaux secs et des serviettes en papier.

– Au fait, dit Anouk, Mimi a appelé tout à l'heure. La grève des conducteurs de train est terminée depuis huit heures ce matin. C'est cool, non ?

– *Ja !*

Je souris. Le temps est pourri, mais au moins nous aurons notre train.

Lorsque Anouk et moi arrivons à vélo à notre lieu de rendez-vous, les autres sont déjà là. On se dit brièvement salut. On est sérieux comme si on partait en mission secrète pour sauver le monde. Cette fois, Singe n'a pas pris son petit vélo. Il fonce et pédale loin devant nous, avec Djamila assise sur le porte-bagages et portant un sac à dos. Nos K-Way sont tous de la même couleur : rouge. Nous nous verrons de loin.

Sur le quai de la gare, l'agent SNCF, le même qu'hier, nous dit d'attendre au bout du quai. Là où s'arrêtera le dernier wagon, celui avec un endroit prévu pour ranger des vélos. Nous sommes fin prêts. Nous avons à manger, à boire, et Mimi a emprunté à son père des outils de jardin pour déterrer le trésor.

Enfin, le train arrive au loin. On se regarde, on se sourit. Notre aventure commence pour de bon.

Chapitre 18

Nos vélos sont lourds et nous avons un peu de mal à les ranger. Puis, Singe, Djamila, Anouk et moi, nous nous installons à une place pour quatre. Mimi s'installe à côté, les yeux braqués sur sa montre. Lorsque le train démarre, il dit :

– Vache ! Le train démarre à l'heure à trois secondes près.

– On arrive dans combien de temps ? demande Anouk.

– Dans trente-quatre minutes. Il y a cinq arrêts avec le nôtre.

– Bon ben, on bouffe ? dit Djamila. J'ai faim, moi !

Nous déballons nos sandwichs et nous mangeons. Le contrôleur passe plusieurs fois dans le wagon, nous souhaitant bon appétit la première fois. Il attend que nous ayons fini de manger pour vérifier nos billets et les composter.

On le regarde s'éloigner en plissant les yeux. À partir de maintenant, nous nous méfions de tout le monde. Si nous, des enfants, avons réussi à connaître l'existence du trésor, des adultes sont peut-être au courant et le cherchent aussi. Sauvageon a disparu de la circulation en laissant toutes ses affaires dans sa cabane. Quelqu'un est forcément responsable de cela. Personne ne s'évanouit dans la nature par enchantement. Chaque personne qui monte ou descend du train est suspecte et nous avons décidé de jouer aux gentils enfants un peu bébêtes qui vont à la fête foraine si on nous pose des questions.

Singe a écrit sur un papier le nom des gares où nous devons passer et vérifie à chaque arrêt que le train s'arrête à la bonne gare.

– C'est bon, dit-il chaque fois.

Trente-quatre minutes plus tard, nous arrivons à destination. Lorsque nous descendons du train avec nos vélos, la pluie a cessé et le soleil n'est plus caché par les nuages. Nous rangeons nos K-Way dans nos sacs et Mimi ouvre son plan. La veille, il a entouré la gare en rouge, tracé en bleu le chemin à prendre de la gare à la fête foraine et, en rouge, le chemin à faire de la fête foraine au trésor : environ quatre kilomètres dans la forêt. Anouk envoie un SMS à maman pour l'informer que nous sommes bien arrivés.

À l'origine, notre plan était d'aller directement de la gare au trésor. Mais Djamila nous a donné l'idée d'aller d'abord à la fête foraine. Ainsi nous rapporterons à nos parents des preuves de notre passage, et personne ne soupçonnera que nous sommes allés ailleurs. La fête foraine se trouve sur la place du marché du village. Nous y sommes en trois minutes.

Chapitre 19

Des voitures sont garées de chaque côté de la route. Singe a repéré un poteau sur lequel il attache ensemble nos vélos avec sa longue chaîne. Puis, nous entrons dans le monde coloré et bruyant des manèges, des jeux à sous et divers autres attrape-nigauds. Des odeurs de saucisses grillées et de crêpes flottent dans l'air et ça nous redonne faim.

– Et si on mangeait une crêpe au Nutella ? dit Mimi.

– Une crêpe, c'est pas une preuve que tu peux montrer à tes parents ! dit Anouk.

– Oui, mais c'est tellement bon ! dit Mimi.

Nous faisons la queue pour des crêpes au Nutella, sauf Singe qui préfère une crêpe au sucre. À côté, il y a un stand avec des ballons qu'on doit crever avec des fléchettes. Quatre fléchettes pour exploser trois ballons qui bougent dans une sorte de cage grâce à une petite soufflerie. On peut gagner des peluches. Je me dépêche de finir ma crêpe et m'essuie les mains sur mon pantalon. Maman va encore me traiter de sale gosse ; tant pis. Je lui offrirai une peluche pour me faire pardonner. C'est le genre de cadeau qui marche à tous les coups avec elle.

Le prix de la partie est écrit en noir sur du papier jaune : deux euros. Mais je demande quand même le prix au forain. Un homme très grand avec une moustache, les cheveux noirs et coiffés en arrière.

– C'est combien ?

– Tu sais donc pas lire, gamin ? me demande l'homme.

– Non, m'sieur !

– C'est cinq euros ! dit-il en souriant, dévoilant deux dents en or. C'est dommage, parce que c'est moins cher pour les enfants qui savent lire !

– C'est drôle, m'sieur, mais je me souviens tout à coup comment on lit !

– Ah ah ! J'aime mieux ça, gamin !

Je pose deux euros sur le comptoir, qu'il empoche aussitôt. Il place ensuite quatre fléchettes de quatre couleurs différentes devant moi : une jaune, une bleue, une rouge et une verte. Elles sont légères, sans doute trop légères pour crever facilement des ballons. Il faut donc à la fois être précis et tirer comme une brute.

– Vise bien ! dit Anouk. Sinon il faudra jouer plusieurs fois et ça coûtera cher !

Je ne réponds pas. Je me concentre, j'inspire et expire doucement. J'imagine que je suis en finale du championnat du monde de fléchettes contre un Américain, un géant de presque deux mètres. Mais moi, Alexandre, je vais lui montrer ce dont est capable un petit Français. Plaf, plaf et plaf ! J'explose un ballon à chaque fléchette.

– Punaise ! dit Djamila. T'es aussi fort que Robin des bois !

– Robin des bois tirait à l'arc, précise Mimi.

– C'est vrai, je dis, mais il est mort... Et maintenant c'est moi qui le remplace, avec des fléchettes !

Le forain me demande de choisir une peluche. Je prends une sorte de souris habillée d'un short et d'un tee-shirt blanc sur lequel est imprimé un cœur. C'est nunuche, mais c'est pile poil ce que je ressens pour maman.

– À mon tour ! dit Singe.

Le forain est magnanime, il laisse à Singe la fléchette dont je ne me suis pas servi. Ce qui lui donne une chance supplémentaire de réussir. Singe tire, mais pas assez fort, sa fléchette rebondit sur un ballon.

– Ben merde, alors ! dit-il.

– Cousin, t'as du flan dans les bras, ou quoi ? dit Djamila.

– Ouais, vas-y à fond ! dit Anouk.

Singe tire à nouveau et rate les ballons. Cette fois, personne n'ose dire quoi que ce soit. Singe serre les dents et fronce les sourcils. Puis il explose deux ballons avec les trois fléchettes restantes. Il ne gagne pas de peluche.

– À moi ! dit Djamila en posant deux euros sur le comptoir.

Elle prend la fléchette jaune, puis la repose. Hésite. Prend la fléchette rouge, vise et la repose pour finalement reprendre la jaune. À ce rythme, on sera encore là demain matin.

– Purée, dit Mimi, tire ! Tire !

Djamila tire et rate tous ses coups.

– J'y crois pas ! C'est quoi ces fléchettes truquées ?

C'est dommage, j'aurais aimé qu'elle soit aussi forte aux fléchettes qu'au tir de penalty. Nous décidons d'aller à d'autres stands. Mais là aussi, Mimi, Djamila, Singe et ma sœur jouent et ne gagnent rien.

– Et puis crotte ! dit Mimi. Je vais jouer à la pêche aux canards !

Mimi, Anouk et Djamila gagnent facilement une peluche. Mais Singe refuse de pêcher des petits canards jaunes et bleus comme un gosse de quatre ans. Émerveillés par les couleurs et les odeurs, nous nous arrêtons devant un stand proposant un choix incroyable de bonbons, nougats, réglisses et sucres d'orge. Singe s'achète un assortiment de tout.

– Je croyais que t'étais fauché en ce moment, je dis.

Il se contente de sourire, et nous quittons la fête foraine. Nous passons devant un tabac-presse auquel je n'avais pas fait attention en venant. En vitrine, la première page du journal *Les Dernières Nouvelles d'ici* attire mon attention : *Fin du mystère de la disparition de Sauvageon, le clochard lecteur. Tous les détails en page 4.*

– Attendez ! je dis aux autres. Il y a « mon » article !

Chapitre 20

J'entre dans le tabac-presse et achète le journal. Je lis aussitôt l'article deux fois de suite dans le magasin. D'abord pour vérifier s'il y a mon nom, et il y est ! Ensuite pour être sûr d'avoir bien compris. L'article parle de deux rebondissements dans la disparition de Sauvageon. Le premier, grâce à un enfant de dix ans, Alexandre Schneider (moi !), qui a découvert en forêt la cabane du clochard Jean-Claude Sauvageon. Mais hélas, les gendarmes et les policiers n'ont pas trouvé d'indice dans la cabane permettant de localiser Sauvageon. Le second rebondissement date d'hier. Des habits, dont une veste contenant la carte d'identité de Sauvageon, ont été repêchés à cent kilomètres d'ici, dans une rivière. Et bien que le corps de Sauvageon n'ait pas été retrouvé, les enquêteurs concluent à une noyade, soit par accident, soit par suicide. Le dossier est clos.

Je suis tellement stupéfait que je suis à deux doigts de me casser la figure en descendant les marches du tabac-presse. Heureusement, Singe a le réflexe de me rattraper. Anouk me demande ce qui se passe, je veux répondre mais aucun son ne sort de ma gorge. Je tends le journal à Anouk en lui montrant du doigt l'emplacement de l'article.

Ma sœur lit à voix haute.

Silence de mort de mes camarades. C'est comme si nous venions tous de prendre une douche froide. La réalité vient de prendre le dessus sur notre rêve de trésor. Et elle n'est pas très jolie.

– On fait quoi, maintenant ? je demande. On continue, ou bien on rentre ?

Ma sœur me prend la main.

– Écoute, Alex. C'est triste ce qui est arrivé à Sauvagon. Mais je suis sûre qu'il ne voudrait pas que son travail de recherche soit perdu.

Je ne dis rien. À cet instant précis, je ne pense qu'à Sauvageon. Je suis tout à coup terriblement triste pour lui. De le savoir disparu avait quelque chose de mystérieux et d'excitant. Je m'étais persuadé que j'allais le retrouver, en vie bien sûr, et maintenant mon rêve n'était plus que du vent.

Tête basse, nous retournons à nos vélos. Sans ma sœur et mes amis, je serais directement rentré à la maison et je me serais enfermé dans ma chambre pour pleurer.

– J'espère que personne n'a piqué les vélos, dit Djamila.

Nous nous regardons tous, inquiets. Nous n'avions pas pensé à ça.

– Pourquoi tu dis ça ? demande Mimi.

– Chez moi, ça arrive tout le temps. Tu sais, en ville, il y a presque autant de voleurs de vélos que d'habitants !

Nous marchons plus vite et, soulagés, nous retrouvons nos biclous là où nous les avions attachés.

Chapitre 21

Nous quittons le village de Bourg-sur-Bruche en file indienne. Mimi pédale devant. Au bout d'environ un kilomètre, il tourne à droite et nous le suivons sur une route étroite qui monte en serpentant, goudronnée mais très abîmée.

Et soudain, on dirait que c'est le soir. De chaque côté, d'impressionnants sapins d'un vert bleuté très foncé font obstacle à la lumière du jour. Ils me donnent la sensation de rouler dans une sorte de tunnel végétal. Il fait également plus froid, mes bras ont la chair de poule et je regrette d'avoir rangé mon K-Way.

Dans cette mi-pénombre, nous évitons tant bien que mal les nombreux trous dans le goudron. Derrière les arbres, sur le bas-côté, je devine la forêt. Mais je ne la vois pas tout à fait. Tout est quasiment noir et, peu à peu, le sentiment d'être observé par quelqu'un dans cette obscurité se fait de plus en plus fort. Il me semble voir une forme humaine bouger sur ma droite et je m'arrête aussitôt. Je scrute attentivement la noirceur de la forêt, mais je ne vois rien. Derrière moi, j'entends Anouk freiner.

– Alex, pourquoi tu t'arrêtes ?

– J'ai vu un truc.

– T'as vu quoi ?

Sa voix est bizarre et je la regarde. Elle semble inquiète. Pour la rassurer, je lui dis que dans la forêt on croit souvent voir des choses, et puis en fait c'est rien du tout.

– Oui mais quand même, cette forêt fiche la trouille ! dit-elle.

Nous repartons et je la laisse passer devant moi. J'essaie de me raisonner, je me dis que personne ne nous observe, que ceci arrive uniquement dans les films. Mais ce genre d'endroit est fertile pour l'imagination. Maintenant dernier, je me retourne fréquemment pour vérifier si nous ne sommes pas suivis.

Mimi s'arrête à un croisement et nous nous regroupons autour de lui.

– On est arrivés ? demande Singe.

– Non. Je m'arrête pour faire le point. D'après le plan, on prend le chemin de terre à gauche, on fait encore trois kilomètres et on arrive au lac.

– Bon, ben on y va ? dit Singe.

– On aurait dû prendre des lampes de poche, dit Djamila. Il fait drôlement sombre ici ! Elle est trop bizarre, cette forêt !

Nous nous regardons en silence. Il est évident que nous n'avons pas pensé à tout. Je profite de cette halte pour remettre mon K-Way et les autres en font autant. Puis, nous remontons sur nos engins, Singe en tête. Mais la balade est de courte durée. Le chemin de terre s'arrête au bout de trois cents mètres. C'est comme si la nature voulait nous empêcher d'aller plus loin. Mimi scrute son plan et hoche la tête de droite à gauche, il ne comprend pas.

– D'après le plan, le chemin continue jusqu'au lac ! dit-il.

– Purée, on s'est trompés de chemin ! dit Anouk.

– Non, non, dit Mimi. Je suis sûr d'avoir pris la bonne direction. C'était super simple : prendre la première route à droite après la sortie du village, et ensuite le premier chemin de terre à gauche !

Mimi fait passer son plan et chacun peut vérifier qu'il a bel et bien raison.

– On s'en fout du chemin, dit Singe. Allez, on continue à pied !

– Quand même, un chemin qui disparaît, c'est pas normal ! je dis.

– Mais arrête ! dit Djamila. Tu veux nous effrayer, ou quoi ? Tu te crois dans un film d'horreur ?

– C'est comme ton histoire de chèvre noire, dit Anouk. Tu te racontes des histoires et après tu nous les racontes !

– Mais non, pas du tout ! La chèvre, je l'ai vue comme je te vois !

– C'est quoi cette histoire de chèvre ? demande Djamila.

– On t'expliquera, dit Mimi.

– Bon, on cherche le trésor ou on reste là à délirer ? dit Singe.

– Je délire pas. Je dis juste qu'il y a un chemin sur le plan et qu'en vrai il n'y est plus ! C'est tout. Si vous trouvez normal qu'un chemin disparaisse, tant mieux pour vous !

Nous posons nos vélos contre un arbre et nous les dissimulons en mettant des branches mortes et des fougères dessus. Singe ouvre son paquet de bonbons et en distribue à tout le monde. C'est une bonne idée, rien de tel qu'un peu de sucre pour se donner du courage.

Chapitre 22

Nous avançons dans la forêt en suçant nos bonbons. Nous nous baissons pour éviter que les branches basses nous griffent le visage. Sous nos pieds, des bouts de bois mort craquent comme des gâteaux secs. Personne ne parle. Je ne sais pas pour les autres, mais moi je suis aux aguets. Je scrute attentivement tout ce qui m'entoure. Si j'avais un couteau ou un pistolet, j'avancerais avec mon arme à la main. Plus on s'enfonce dans les bois et plus je suis tendu, comme si, d'un moment à l'autre, un ours allait surgir, debout, la gueule ouverte dégoulinante de bave, pour nous attaquer. Je sais bien qu'il n'y a pas d'ours ici, mais j'y pense quand même. Puis, me vient l'idée de ramasser une branche morte et de m'en servir comme d'un bâton. Elle est petite, sèche et légère, mais elle a la force de me rassurer.

Peu à peu, les sapins font place à toutes sortes de feuillus. Des bouleaux, des hêtres, des noisetiers, des chênes... Les autres, je ne sais pas les reconnaître. Ils laissent passer davantage de lumière que les sapins, diminuant en nombre et en taille les coins d'ombre. D'y voir plus clair est un vrai soulagement et je me sens tout de suite mieux.

– On arrive quand ? demande Anouk.

– On y est presque, plus que vingt-deux kilomètres ! dit Singe.

– Ha ha ! fait Anouk.

– Hé, c'est quoi cette bestiole ? demande Djamila.

Elle nous montre son avant-bras, sur lequel déambule une sorte de petite araignée.

– Purée, une tique ! je dis.

– Je fais quoi ?

– Bouge pas.

J'éjecte la tique d'un coup de doigt, comme si je jouais aux billes.

– C'est dangereux comme bestiole ? demande Djamila.

– C'est comme des sangsues ou des vampires, je dis. Elles se nourrissent de sang en enfonçant leur tête sous la peau et quand tu essaies de les enlever elles s'énervent et te transmettent une maladie !

– N'importe quoi ! dit Djamila. Ça n'existe pas des bestioles comme ça !

– C'est pas parce que tu connais pas que ça n'existe pas, je dis.

– Tu veux dire que tu m'as sauvé la vie ? Oh, merci, Alex !

Elle dit ça en se marrant et en pouffant. Moi qui voulais frimer avec mon savoir sur les tiques, c'est raté. Mais je lui ferai lire la page de mon encyclopédie qui parle de la maladie de Lyme. Elle fera moins sa maligne et me dira vraiment merci.

Soudain, nous débouchons dans une clairière inondée de soleil. Je ne m'y attendais pas du tout. Lorsque nous avons quitté la fête foraine, le ciel était gris et le voilà maintenant d'un bleu profond et sans nuage.

– C'est drôle, dit Singe. On dirait je sais pas quoi...

– Bizarre, bizarre, murmure Anouk.

Mais de sentir la chaleur du soleil sur ma peau chasse mes inquiétudes. C'est étrange, mais ici je vois les choses avec une netteté inhabituelle, comme cela m'est déjà arrivé plusieurs fois en rêve. Je vois aussi bien les arbres à l'autre bout de la clairière que la coccinelle qui rampe sur un brin d'herbe, à mes pieds.

Et ce n'est pas tout, les sons des insectes et des oiseaux sonnent ici d'une façon différente. D'habitude je n'y fais pas trop attention. Mais j'entends si clairement chaque son, chaque mélodie, qu'il me semble les voir dans ma tête. Un peu comme des couleurs.

Nous traversons lentement la clairière, buvant du regard tout ce qui nous entoure. Mais en entrant à nouveau dans le sous-bois, la sensation que tout est net et accueillant disparaît immédiatement. On s'immobilise, on hésite à avancer. Nous sentons tous que cette forêt est anormalement inhospitalière. Mimi scrute attentivement les alentours, je ne crois pas l'avoir déjà vu aussi sérieux. Singe se passe la langue sur les lèvres. Anouk repousse de la main son habituelle mèche de cheveux rebelle qui lui tombe devant les yeux. Djamila se mordille la lèvre inférieure. Personne n'est à l'aise. J'ai à la fois envie de quitter cet endroit et peur de bouger. Et pile quand je décide d'y aller, Singe avance et nous le suivons tous à la queue leu leu.

Nous zigzaguons entre des fourrés, puis nous passons au-dessus d'un imposant tronc d'arbre qui est tombé et qui pourrit sur place. Nous contournons ensuite un important amas de rochers… Et nous avons la surprise d'arriver pile à l'endroit où nous avons laissé nos vélos.

Chapitre 23

Singe enlève les branches et les fougères que nous avions posées sur nos vélos pour les camoufler.

– J'en reviens pas, dit-il. On a tourné en rond !

– Mais c'est pas possible ! dit Anouk. On a toujours marché tout droit ! On ne peut pas tourner en rond quand on marche tout droit !

– Peut-être qu'on croyait marcher tout droit, dit Djamila. Et que... petit à petit...

– Non, dit Mimi. Anouk a raison. On ne devrait pas être ici.

– On devrait pas, mais on y est, dit Singe.

– Ça craint du boudin... je dis. On se casse !

Et c'est comme un signal. Nous grimpons sur nos biclous et déguerpissons aussi vite que nous pouvons. Singe en tête, bien qu'il transporte Djamila sur son porte-bagages. Nous pédalons à fond jusqu'à la route principale, puis nous retournons tranquillement en direction de Bourg-sur-Bruche. Il y a une aire de repos pour les voitures avant l'entrée du village, avec une table, deux bancs et une poubelle. Nous nous arrêtons là. Nous sortons des pommes, des gâteaux secs au chocolat et des bouteilles d'eau de nos sacs et nous mangeons et buvons.

– Ah, ça fait du bien de bouffer ! dit Singe, les dents noires de chocolat.

Sa phrase nous fait aussitôt retrouver le sourire. Mimi déplie son plan sur la table et sort un Bic rouge de son sac à dos.

– J'ai une autre idée, dit-il. Regardez, on peut aller au lac en prenant la route normale. Ça rallonge de cinq ou six kilomètres, mais ça nous évitera d'entrer dans cette fichue forêt. Vous en dites quoi ?

– D'accord ! disent aussitôt les autres.

– J'ai une meilleure idée, je dis. Et si on rentrait chez nous ?

– Quoi ? Tu veux rentrer ? Et le trésor, alors ? demande Anouk.

Ils me regardent tous avec pitié et, du coup, j'ai honte d'avouer que j'ai vraiment peur. Tout de même, on a marché tout droit et on est revenus à notre point de départ. C'est pas banal, ça. C'est même flippant. Et puis on a retrouvé les habits de Sauvageon dans une rivière, à cent kilomètres d'ici !

– Mais non, je disais ça pour rire ! je dis en faisant de grands gestes avec les mains. Allons-y ! En avant ! À l'attaque !

Anouk lève les yeux au ciel, puis Mimi replie sa carte. Singe récupère les emballages de nos sandwichs et va les jeter dans la poubelle.

– Ha ha ! C'est marrant, il y a une peluche de chat dans la poubelle ! dit-il.

Il tend son bras pour la saisir et le retire aussitôt, comme s'il venait de recevoir une décharge électrique. Puis il recule de deux pas.

– Purée ! Purée de purée de... Mais c'est pas possible !

– Quoi ? demande Anouk.

– C'est pas une peluche ! C'est un vrai chat dans la poubelle !

Nous allons tous voir. C'est un chat noir, il semble dormir profondément.

– Il est tout crevé, dit Djamila. On dirait une vieille chaussette.

Nous restons là un moment à le regarder. Je me demande qui a fait ça et pourquoi. Il y a des gens qui ont des drôles d'idées, des drôles de manières. Et ça ne me plaît pas du tout.

– Heu... je crois qu'Alex a raison, dit Singe. On devrait peut-être rentrer. Il se passe trop de choses bizarres aujourd'hui !

– J'avais dit ça pour rire, je dis.

– On t'a pas cru, dit Anouk. On sait bien que c'est toi le plus trouillard de la bande !

– Alexandre le grand... trouillard, dit Mimi.

– Hé, c'est pas parce qu'on a peur qu'on est un trouillard ! je dis. C'est normal d'avoir peur. Surtout quand il y a quelque chose dans cette forêt qui protège le trésor !

– Mais de quoi tu parles ? demande Anouk.

– Des esprits, je dis.

– C'est toi qui as perdu l'esprit ! dit Djamila. Franchement, je suis bien contente d'habiter en ville ! On n'a pas ce genre de problème de superstitions à deux balles !

– C'est parce qu'en ville il y a trop de monde, dit Mimi. Il n'y a plus de place pour les esprits !

– Hé oh, les garçons ! crie Anouk, tout à coup énervée. On est venus chercher un trésor ! Alors on y va ! Maintenant !

– Pas maintenant, je dis tout en hochant la tête.

– Quoi encore... dit Anouk. T'es vraiment pénible, Alex !

– Le chat, je dis.

Chapitre 24

– Quoi, le chat ?

– On ne peut pas le laisser dans une poubelle.

– Il est mort, dit Singe. On ne peut plus rien faire pour lui.

C'est curieux comme parfois l'état d'esprit change vite. Il y a quelques minutes j'étais envahi par la peur. Maintenant je sens une force incroyable en moi. Je suis résolu à faire ce qui me semble juste, même si les autres me laissent seul.

– Je vais l'enterrer, je dis. Sinon je ne pourrai plus jamais dormir tranquille. Allez-y, allez chercher le trésor si vous voulez, je vous rejoindrai plus tard.

Mimi me tape sur l'épaule.

– Tu veux l'enterrer où ?

Un peu plus loin il y a une rangée d'arbres, puis un pré. J'y vais, suivi des autres. Je m'agenouille près d'un arbre et commence à arracher la couche de terre végétale avec mes mains. Ensuite je creuse la terre avec un bout de bois mort, jusqu'à ce que Mimi se souvienne d'avoir des outils de jardin dans son sac. Il va les chercher, puis nous terminons de creuser le trou ensemble, et je vais récupérer le chat.

Utilisant un sachet en papier comme un gant, je saisis l'animal mort par la peau du cou. Je le transporte avec précaution, comme s'il risquait de se casser à tout instant. J'ignore pourquoi, mais je me sens responsable de ce chat. Je le dépose doucement dans le trou et nous le recouvrons de terre et de cailloux. À la fin, il ne reste qu'une petite bosse sur un pré, près d'un arbre, sous un ciel d'été.

– On devrait dire une prière, dit Singe, mais j'en connais pas.

– Moi non plus, je dis.

– Heu... excusez-moi, dit Anouk, mais ça n'existe pas, les prières pour chats !

– C'est trop triste... c'est trop triste, dit Djamila en pleurant subitement.

Nous sommes tous étonnés de sa réaction. Nous regardons ses larmes couler sur son beau visage. Personne n'ose parler. J'aimerais prendre Djamila dans mes bras pour la consoler, mais je suis incapable de faire un truc pareil. J'ai bien trop peur qu'elle me repousse en disant que je profite de la situation, ou alors que les autres se moquent de moi.

– J'ai une idée de prière ! dit soudain Mimi.

Il ferme les yeux, prend une grande inspiration et fait :

– Miaou !

Singe éclate de rire, et son rire est si communicatif qu'on se met tous à se marrer comme si nous venions d'entendre l'histoire la plus drôle du monde. Djamila continue de pleurer, mais de rire cette fois.

Quand nous remontons sur nos vélos, nous sommes regonflés d'une nouvelle énergie. Nous sommes heureux d'avoir fait quelque chose qui nous semble bien. Ce chat, je ne l'ai pas connu. Je ne l'ai jamais caressé ni entendu ronronner et pourtant, je sais que je ne l'oublierai jamais.

Chapitre 25

Lorsque nous arrivons au lac des Trois Chats, la température a un peu chuté et un brouillard tombe lentement. Tout semble gris, un peu décoloré. Même le rouge pourtant vif de nos K-Way semble éteint. Nous quittons la route principale et, prudents, nous ralentissons sur le sol maintenant caillouteux. Il y a un panneau de parking au bout d'une grande flaque de goudron, mais aucune voiture n'est garée. Nous posons nos vélos contre le panneau et les attachons ensemble. Ici, les arbres sont immenses et nous font nous sentir très petits.

En marchant vers le lac, je ressens une sorte d'appréhension, un trac. Il n'y a pas un souffle de vent. La surface de l'eau, recouverte en divers endroits d'une mousse vert et gris, est complètement immobile. À tel point qu'on pourrait croire qu'il ne s'agit pas d'eau mais d'une matière solide comme du verre.

Singe ne peut s'empêcher de ramasser un caillou et de le lancer dans le lac. Le caillou fait plouf, crée des ondes de plus en plus grandes dans l'eau puis, lentement, la surface du lac se fige à nouveau.

– Pauvre petit caillou… dit Mimi.

– Pourquoi tu dis ça ? demande Singe.

– Pour rien. Il était là, tranquille, il ne demandait rien à personne et toi tu arrives et paf !, tu le jettes à l'eau comme une brute.

– C'était pour lui apprendre à nager ! dit Singe.

– Les cailloux ne savent pas nager, je dis.

– Hé, les garçons, vous devenez complètement fous ou quoi ? dit Anouk. Vous pouvez pas vous taire deux minutes ?

– C'est vrai, dit Djamila. Vous êtes en mode gogol, ou quoi ?

Non, nous ne sommes pas fous. Nous sommes inquiets, c'est tout. Dire n'importe quoi est juste un moyen d'atténuer notre inquiétude.

– Bon, il faut qu'on trouve le grand chêne, maintenant ! dit Anouk, devenue sans que nous sachions comment, la chef de notre expédition.

– Il est de l'autre côté du lac, dit Mimi.

– Il faut le contourner ! Allez, zou ! dit Anouk.

Et c'est ce que nous faisons. En silence, tandis qu'autour de nous le brouillard s'épaissit. Le sentier est mal entretenu, il disparaît un moment entre les arbres mais nous le retrouvons un peu plus loin. Les racines sortant du sol, noueuses et nombreuses, nous gênent dans notre marche et nous avançons lentement.

– Là-bas ! s'exclame soudain Singe, en pointant le doigt.

– Là-bas quoi ? demande Djamila.

– C'est le grand chêne, je dis.

Nous ne voyons pas mieux que Djamila dans le brouillard. Mais nous sommes habitués à reconnaître les formes caractéristiques de certains arbres.

Singe se met à courir en criant : preum's ! Mais personne ne fait la course avec lui.

On le regarde rapetisser au fur et à mesure de son éloignement, jusqu'à devenir une silhouette dans le brouillard. Il trébuche deux fois mais ne tombe pas.

– Il n'ira pas loin, dit Mimi. La rivière qui passe juste devant le grand chêne l'arrêtera. Et il n'y a pas de pont.

– Ah ouais ? Et comment on va faire pour traverser ? je demande.

– Je ne sais pas encore, dit Mimi. On trouvera bien quelque chose.

– Je croyais que toi et Anouk vous aviez tout prévu !

– T'inquiète, Alex, dit Anouk. On va remonter le ruisseau jusqu'à trouver un endroit où on peut traverser sans trop se mouiller.

– Purée, mais on n'y arrivera jamais... soupire Djamila. Il y a toujours un truc pour nous retarder. Ça commence à m'énerver tout ça, moi ! Ça commence à m'énerver...

Plus loin, nous voyons Singe devenu silhouette s'arrêter comme Mimi l'avait prédit. Il s'accroupit un instant, puis se relève d'un coup et revient vers nous en courant et en faisant de grands gestes avec les bras.

– Dépêchez-vous ! Dépêchez-vous ! Il y a une truite géante dans le ruisseau !

– Une quoi ? hurle Anouk.

– Une truite géante !

Chapitre 26

– Si c'est géant, c'est pas une truite ! Il doit confondre avec un brochet, je dis.

– Qu'est-ce que tu en sais ? dit Mimi.

– Je te signale que le spécialiste des truites, ici, c'est moi !

– C'est vrai ? demande Djamila.

– Absolument. Premièrement, je sais reconnaître plusieurs espèces de truites. Et deuxièmement, les truites, moi, je les pêche, je les nettoie, je les cuis à la poêle et je les mange !

– Hé... dis donc, comme tu te la racontes, toi ! dit Djamila. Tu te prends pour un trappeur, ou quoi ?

– Non, non, c'est vrai, dit Anouk. Aucune truite ne résiste à mon frère !

– Eh bien, heureusement que je ne suis pas une truite ! dit Djamila.

Et avec ma sœur elles se mettent à rire, Gniark ! Gniark ! Gniark !, comme deux sorcières. Je préfère ne rien ajouter, je me laisse entraîner par Singe qui m'a attrapé un bras.

– Dépêchez-vous ! Vous allez la rater !

Nous arrivons au bord de la rivière et, imitant Singe, nous nous allongeons dans l'herbe pour voir sans être vus. Anouk crie et montre la bête du doigt.

– Là ! Elle est là, près des rochers !!!

Singe n'a pas menti. C'est bien une truite et elle est d'une taille monstrueuse. À mon avis, elle mesure entre un et deux mètres de long. Difficile d'être plus précis avec ce brouillard. Mais ce n'est pas sa taille qui est le plus incroyable, ce sont ses yeux.

– On dirait qu'elle est pas vraie, chuchote Djamila. J'en ai déjà vu au marché quand j'accompagne ma mère, et des comme ça j'en ai jamais vu !

– Il y a un problème avec ses yeux, je dis.

– Quoi ? dit Mimi.

– Regardez bien. C'est pas des yeux de poisson. On dirait qu'elle a des yeux comme nous !

– C'est ouf ! dit Singe au bout de quelques secondes. Purée, j'aime pas trop qu'une truite me regarde comme ça, moi !

Il va chercher un caillou de belle taille, vise et le lance sur la truite. Mais la bête, d'un coup de queue puissant, évite le caillou et se repositionne à la même place.

– Heu... depuis quand les truites évitent les cailloux ? demande Mimi d'une voix blanche.

– C'est comme dans Godzilla, dit Anouk. C'est une sorte de truite mutante. Avec tous les produits chimiques que les usines déversent dans les rivières, ça devait arriver !

– Regardez, elle a une sorte de tache rouge sous un œil ! dit Djamila.

– T'es sûre ? chuchote Mimi. C'est important.

– J'en suis sûre et certaine, mon pote. Pourquoi ?

Je regarde attentivement, sentant comme jamais auparavant, mon cœur battre la chamade. Mais avec le brouillard et les reflets de l'eau, c'est difficile à voir.

– Pourquoi ? redemande Djamila.

– Sauvageon avait une tache en forme de cœur sous un œil ! dit Singe dans un souffle.

Et maintenant que Singe l'a dit, c'est comme si toutes les pièces d'un puzzle se mettaient d'elles-mêmes à leur place. Le trésor est maudit. Pour moi, c'est une certitude. Peu importe ce qu'on pourra dire par la suite. Et dans cent ans, si je vis encore cent ans, j'aurai toujours l'intime conviction que Sauvageon, transformé en truite géante, est venu nous avertir que le trésor est protégé par des forces qui nous dépassent. Des forces obscures et anciennes qu'il est préférable de ne pas déranger.

– Mais vous êtes complètement malades ! hurle Djamila en se relevant. Purée mais c'est pas possible !!! On devrait tous vous enfermer dans un asile !

Chapitre 27

Djamila longe la rivière en marchant d'un pas rapide et nous la suivons.

– Djamila, tu vas où ? demande Mimi.

– Si on te le demande, tu diras que tu sais pas !

– Mais... Djamila ! dit Anouk.

Djamila s'arrête et se retourne. Les bras tendus le long de son corps et les deux poings serrés, comme si elle se retenait de nous boxer.

– Vous n'êtes qu'une bande de bouffons !

– Mais, la truite... dit Anouk.

– Oh là là... C'est juste un gros poisson, voilà !

– Djamila, si tu essaies de déterrer le trésor, tu deviendras une truite ! je dis.

– Oh, toi le spécialiste, tais-toi ! Tais-toi !!!

– Et je dirai quoi à tes parents si Alex a raison ? dit Singe. Je te préviens, je ne veux pas être le cousin d'une truite, moi !

Djamila lève les yeux au ciel, puis reprend sa marche. Mimi lui attrape le bras mais Djamila le fait lâcher prise d'un mouvement brusque. Une petite bruine se met à tomber. On se croirait vraiment en automne. Cent mètres plus loin, la rivière semble moins profonde et Djamila remonte les bas de son pantalon. Puis, nous la regardons descendre dans le lit de la rivière.

– Purée, elle est froide ! dit-elle.

L'eau lui arrive à peine sous les genoux et elle commence à traverser. J'ai le sentiment que je vois Djamila pour la dernière fois de ma vie. Et au lieu de l'empêcher d'aller à sa perte, je reste debout comme un nigaud, la bouche ouverte, incapable d'agir. La voici au milieu de la rivière...

– Attention ! crie Singe.

C'est incroyable, mais la truite nage lentement vers Djamila.

– Djamila ! crie Anouk. La truite fonce sur toi !

– Quoi ?

Les truites sont de redoutables prédateurs, des poissons carnassiers. L'espace d'un instant, je l'imagine en train de s'attaquer à Djamila et de la dévorer. Mais la bête se contente de lui passer juste devant les jambes, histoire de lui couper la route. Ensuite elle fait demi-tour et se place en face de Djamila, qui n'ose plus bouger.

– C'est pas possible ! hurle Djamila sans se retourner. Purée mais c'est pas possible !

Et soudain, c'est comme si mes muscles ne m'obéissaient plus. Mes jambes se mettent en mouvement malgré moi. Je descends dans l'eau froide et rejoins Djamila en marchant prudemment pour ne pas glisser sur un caillou. J'essaie d'oublier qu'il y a une truite monstrueuse à quelques mètres. Je me concentre sur Djamila.

– Donne-moi la main ! je dis.

Toujours sans se retourner, sans doute pour ne pas quitter la truite des yeux, Djamila tend son bras droit en arrière et je saisis sa main. Qui est glacée. Nous reculons lentement, et enfin Singe et Mimi nous aident à remonter sur la berge.

– Ça va ? demande Anouk.

Le visage de Djamila est d'un blanc de craie. Ses yeux sont exorbités et elle claque des dents, autant de peur que de froid. Elle ne répond pas tout de suite. Nous la laissons reprendre son souffle. Je n'ai toujours pas lâché sa main.

– Tu avais raison, Alex, elle… elle a des yeux comme nous.

Nous ne disons rien.

– Et la tache, sous son œil, elle… elle est en forme de cœur !

Je regarde en l'air, je souris. Une partie de moi refuse de croire ce qui vient de se passer, mais je suis soulagé. Sauvageon n'est pas mort comme je l'ai lu dans le journal. Et cela me réjouit.

– On rentre ! dit Mimi d'une voix autoritaire. On laisse tomber le trésor et on rentre. De toute façon, on n'en a pas besoin pour vivre.

Djamila m'entraîne avec elle et j'ai à peine le temps de jeter un regard à la rivière dans l'espoir d'apercevoir une dernière fois la fabuleuse truite. Mais elle n'est plus là.

Chapitre 28

De retour à nos vélos, Djamila et moi enlevons nos baskets et nos chaussettes pour les essorer. Anouk envoie un texto à maman pour dire que tout va bien. Mimi consulte sa montre et dit que nous avons le temps de prendre le train du retour à l'heure prévue.

– Qui a des allumettes ? demande Anouk.

– Pour quoi faire ? demande Singe.

Ma sœur sort de son sac à dos le journal de Sauvageon.

– Le mieux, c'est de le brûler. Vous en pensez quoi ?

Nous sommes tous d'accord, mais personne n'a de quoi allumer un feu.

– On le brûlera chez moi, dit Mimi, dans le barbecue de mon père.

– Très bien, dit Anouk. Mais on le brûle ce soir, en rentrant !

– On devrait en profiter pour cuire des saucisses et des merguez, dit Singe.

– T'as encore faim ? je demande.

– J'ai toujours faim, dit Singe en souriant et en rajustant son K-Way.

Puis, chacun grimpe sur son vélo et nous laissons derrière nous le lac des Trois Chats, le trésor de Sauvageon et son mystère.

Sur la route, je suis à la traîne. Et tout à coup une folle envie de rouler à fond me prend. Je double Mimi qui semble perdu dans ses pensées et j'accélère encore avec l'intention de rattraper Singe, loin devant, toujours avec Djamila sur son porte-bagages.

Les cheveux de Djamila flottent dans le vent. Je regarde sa nuque découverte et elle se retourne aussitôt, comme si mon regard la chatouillait. Elle me sourit et ça me rend heureux. À cet instant, son beau sourire vaut pour moi tous les trésors du monde.

DANS LA MÊME COLLECTION

Les cousins Karlsson, Papas et pirates
de Katarina Mazetti traduit du suédois
par Marianne Ségol Samoy et Agneta Ségol

« La mer autour de la petite ville d'Östhamn est recouverte d'une épaisse couche de glace. Certains jours, le vent balaie la neige et dégage un espace sombre et lisse comme un miroir. L'idéal pour faire du patin à glace. Ces jours-là, on voit les habitants d'Östhamn patiner sur la mer gelée. Les débutants avancent prudemment près du rivage mais les plus aguerris s'aventurent plus loin et font des randonnées de dizaines de kilomètres. Mais il y a aussi des jours de mauvais

temps où des bourrasques peuvent rapporter plusieurs décimètres de neige sur la glace et la laisser en tas irréguliers. Les patineurs se réfugient alors dans leurs petites maisons douillettes pour faire du feu dans la cheminée, allumer des bougies devant les fenêtres et écouter le vent siffler dehors. »
(extrait du chapitre 1)

Capitaine Triplefesse – tome 2 : À la rescousse !
de Fred Paronuzzi

« Le retour à la vie de collégiens, après leurs palpitantes aventures dans le monde des pirates, fut peu évident pour Lila et Hugo. Le train-train quotidien leur inspirait un ennui profond. Comment se passionner pour le théorème de Pythagore, la reproduction des gastéropodes en milieu naturel ou le shopping en famille aux Galeries Lafayette, quand on a affronté des tempêtes en furie, assisté à des combats à l'épée, nagé dans les lagons couleur émeraude de l'île Sans Nom ? Ils perdirent une bonne partie de leur enthousiasme pour les soirées pizzas et films d'horreur, les sorties à la patinoire ou les avalanches de selfies sur Facebook.

Pour la première fois, ils faisaient l'expérience du sentiment de nostalgie. »
(extrait du chapitre 1)

Capitaine Triplefesse – tome 1 : À l'abordage !
de Fred Paronuzzi

« Lorsque le professeur remplaçant d'arts plastiques, M. Garneray, fut présenté à la classe de Lila et Hugo par Mme Zinc, la principale du collège, ils furent nombreux à sentir des chauves-souris affolées se cogner aux parois de leurs estomacs. Il faut dire que la vue de cet homme vêtu de noir glaçait le sang : un nez long et incurvé, une barbiche brune taillée en pointe, deux yeux enchâssés dans leurs orbites.

M. Garneray, en résumé, avait l'aspect d'un immense et inquiétant oiseau de proie.

Même les terribles Norbert Gronaze et Kevin Potiron éprouvaient des difficultés à avaler leur salive et commençaient déjà à regretter Mlle Faissol, que certains garnements surnommaient

« Mademoiselle Fesses Molles », enrubannée sur son lit d'hôpital telle une momie égyptienne après avoir fait plusieurs sauts périlleux dans l'escalier menant à la cantine. »
(extrait du chapitre 1)

Les cousins Karlsson,
Vaisseau fantôme & ombre noire
de Katarina Mazetti traduit du suédois
par Marianne Ségol Samoy et Agneta Ségol

« Dans la petite ville d'Östhamn, située au bord de la mer Baltique, la soirée d'été est chaude et agréable. Le mois de juillet est déjà bien avancé mais les journées sont encore longues, le soleil ne se couche pas avant vingt-deux heures. Sur la plage à côté du port, les ombres s'étirent et la nuit ne va pas tarder à tomber.

Lorsqu'il fait presque totalement noir, des silhouettes sombres apparaissent soudain au bord de l'eau. Elles se dispersent d'abord pour ensuite lentement se déplacer. Si quelqu'un les observait, il verrait que ce sont aussi bien des adultes que des enfants et qu'ils portent de grands sacs.

Mais en réalité, personne ne les voit. C'est un soir de semaine ordinaire et tous les habitants de la petite ville sont rentrés chez eux pour regarder la télé, certains sont peut-être déjà couchés. »
(extrait du chapitre 1)

Un caillou sur le toit
de Colin Thibert

« Le ciel nous est tombé sur la tête à 33 h 33. Le vacarme a été effroyable, mais Mémé, qui s'était endormie devant la télé, n'a même pas tressailli. Elle est un peu dure d'oreille. Je ne suis pas plus ignorant qu'un autre, je sais que les journées comptent habituellement vingt-quatre heures, mais à l'instar de la plupart des appareils dont nous nous servons, la pendule à affichage digital, orgueil du salon, est passée entre les mains de mon oncle Gottfried. En fait, il suffit de retirer une dizaine au nombre de gauche pour obtenir une heure décente. C'est une habitude à prendre. 33 – 10 = 23, pour ceux qui auraient du mal à suivre. Le lave-linge, c'est un peu pareil : une fois qu'on a compris que le programme

« laine délicat » correspond en réalité à « très sale avec essorage puissant », on est le roi de la lessive. Mémé, malheureusement, n'y voit plus très clair et se trompe régulièrement, ce qui explique pourquoi mes sous-vêtements sont désormais du même rose que ses chemises de nuit. Du moins ceux qui n'ont pas rétréci. »
(extrait du chapitre 1)